DE L'AMOUR ET DE LA SOLITUDE

Paru dans Le Livre de Poche :

À PROPOS DE DIEU
CETTE LUMIÈRE EN NOUS
L'ESPRIT ET LA PENSÉE
KRISHNAMURTI EN QUESTIONS
LE LIVRE DE LA MÉDITATION ET DE LA VIE
LA PREMIÈRE ET LA DERNIÈRE LIBERTÉ
LA RÉVOLUTION DU SILENCE
SE LIBÉRER DU CONNU

Avec David Bohm

LES LIMITES DE LA PENSÉE

J. KRISHNAMURTI

De l'amour et de la solitude

TRADUIT DE L'ANGLAIS PAR COLETTE JOYEUX

STOCK

Titre original :

ON LOVE AND LONELINESS
(Harper's San Francisco)

Note de l'éditeur :

On trouvera en fin d'ouvrage les références aux emprunts à des textes de Krishnamurti déjà traduits en français.

Pour tous renseignements complémentaires, s'adresser à :

Pour la France :
Association culturelle Krishnamurti
7, rue du Général-Guilhem, 75011 Paris. tél. 01 40 21 33 33

Pour la Grand-Bretagne :
Krishnamurti Foundation Trust Ltd.
Brockwood Park, Bramdean, Hampshire, SO24 OLQ.

Pour les Etat-Unis :
Krishnamurti Foundation of America
PO Box 1560
Ojai, CA 93024 USA

ISBN : 978-2-253-10987-7 - 1re publication - LGF

Sans amour, vous aurez beau faire — courir après tous les dieux de la terre, prendre part à toutes les activités sociales, tenter de remédier à la pauvreté, entrer en politique, écrire des livres, écrire des poèmes — vous ne serez qu'un être mort. Sans amour, vos problèmes iront croissant et se multipliant à l'infini. Mais avec l'amour, quoi que vous fassiez, il n'y a plus de risque, il n'y a plus de conflit. L'amour, alors, est l'essence de la vertu.

Krishnamurti, Bombay, le 21 février 1965.

Avant-propos

Jiddu Krishnamurti naquit en Inde en 1895 et fut pris en charge à l'âge de treize ans par la Société théosophique, qui voyait en lui l'« Instructeur du Monde » dont elle n'avait cessé de proclamer la venue. Krishnamurti apparut très vite comme un penseur de grande envergure, à la fois intransigeant et inclassable, dont le discours et les écrits ne relevaient d'aucune religion spécifique, n'appartenaient ni à l'Orient ni à l'Occident, mais s'adressaient au monde entier. Répudiant avec fermeté l'image messianique associée à sa personne, il prononça à grand fracas en 1929 la dissolution de la vaste organisation nantie qui s'était constituée autour de lui ; c'est alors qu'il déclara que la vérité était « un pays sans chemin », dont l'accès ne passait par aucune religion ni aucune secte organisées.

Tout le reste de sa vie, Krishnamurti récusa obstinément le statut de gourou que certains voulaient lui faire endosser. Il ne cessa d'attirer un vaste public dans le monde entier, mais sans revendiquer la moindre autorité ni accepter aucun disciple ; il s'adressait toujours à ses auditeurs de personne à personne. A la base de son enseignement était la conviction que les mutations fondamentales de la société ne peuvent aboutir qu'au prix d'une transformation de la conscience individuelle. L'accent était mis sans relâche sur la nécessité de la connaissance de soi, et sur la compréhension des influences réductrices et séparatrices du conditionnement religieux et nationaliste. Krishnamurti insistait toujours sur l'impérative nécessité de cette ouverture, de ce « vaste espace dans le cerveau où est une énergie inimaginable ». C'était là, semble-t-il, la source de sa propre créativité, et aussi la clé de son impact charismatique sur un public des plus divers.

Krishnamurti poursuivit ses causeries dans le monde entier jusqu'à sa mort, en 1986, à quatre-vingt-dix ans. Ses entretiens et dialogues, son journal et ses lettres ont été rassemblés en plus de soixante volumes, sans compter les centaines d'enregistrements audio et vidéo. A partir de cette œuvre immense qu'est l'enseignement de Krishnamurti, une sélection d'extraits a été retenue pour la présente collection d'ouvrages à thème. Chaque volume est axé sur un problème dont l'actualité et l'urgence coïncident tout particulièrement avec les préoccupations liées à notre vie quotidienne.

Madras, le 16 décembre 1972

En abordant ensemble ces questions, qui sont la trame même des problèmes quotidiens de notre vie, je crois qu'il ne faut surtout pas oublier que c'est vraiment ensemble que nous menons l'enquête, ensemble que nous entreprenons ce voyage au cœur de la problématique complexe de l'existence. Et pour enquêter ensemble, il faut une qualité d'intensité, une qualité d'esprit qui ne soit entravée par aucune croyance ou conclusion particulières ; il faut au contraire être prêt à aller très loin, non pas en termes de distance ou de temps, mais de profondeur.

*

Nous allons chercher ensemble à savoir s'il nous est possible ou non d'instaurer l'ordre dans notre vie relationnelle au quotidien. Car relations et société ne font qu'un. Ce sont les relations entre vous et moi, entre moi et autrui, qui constituent la structure de la société. La relation, c'est donc à la fois la structure et la nature de la société. Je dis les choses très, très simplement. Or quand l'ordre fait défaut au sein de cette relation, ce qui est le cas à l'heure actuelle, alors toute action, quelle qu'elle soit, non seulement ne peut être que contradictoire, mais entraîne aussi forcément beaucoup de souffrances, de malheurs, de confusion et de conflits. Je vous en prie, ne vous contentez pas de m'écouter parler, mais qu'il y ait véritablement partage, car ce voyage, nous l'entreprenons tous ensemble, peut-être main dans la main, en tout cas avec affection, avec considération. Si vous restez simplement assis là, à écouter passivement des propos ou des injonctions, alors je crains que nous ne puissions le faire, ce voyage main dans la main. C'est pourquoi je vous invite à observer votre propre esprit, vos propres liens relationnels — peu importe lesquels, avec votre femme, vos enfants, votre voisin, ou votre gouvernement — et à vérifier si l'ordre imprègne ces relations ; car l'ordre est nécessaire, tout comme la précision. L'ordre, c'est la vertu ; l'ordre est tellement mathématique, si pur, si complet, et nous allons chercher à savoir si un tel ordre existe.

Nul ne peut vivre hors de toute relation. On peut se retirer dans la montagne, se faire moine, ou *sannyasi*, s'éloigner de tout en parcourant seul le désert — on est cependant toujours relié à quelque chose. C'est un fait absolument incontournable. Nul ne peut exister dans l'isolement. L'esprit peut croire qu'il existe isolément, ou susciter un état d'isolement, mais même au sein de cet isolement, on est en relation. La vie est relation, vivre c'est être relié. Nous ne pouvons pas vivre si vous et moi nous enfermons chacun derrière des remparts, ne jetant qu'un occasionnel coup d'œil par-dessus la muraille. Inconsciemment, au plus profond de nous, par-dessous les remparts, nous sommes reliés. Je ne crois pas que nous ayons prêté grande attention à cette question de la relation. Vos écritures sont muettes à ce sujet : elles parlent de Dieu, de pratiques, de méthodes, de techniques de respiration, de tel ou tel interdit, mais, à ce qu'on m'a dit, jamais il n'est fait allusion à la relation.

La relation — comme la liberté — implique la responsabilité. Vivre, c'est être en relation : la vie est faite ainsi. Et si le désordre règne dans cette relation, c'est toute notre société, toute notre culture qui s'écroulent — et c'est ce qui se passe à l'heure actuelle.

Qu'est-ce donc que l'ordre, qu'est-ce que la liberté, qu'est-ce que la relation ? Et qu'est-ce que le désordre ? Car lorsque l'esprit comprend vraiment en profondeur les causes du désordre, alors, de cette prise de conscience, de cette vision pénétrante, de cette observation, l'ordre surgit spontanément. Il ne s'agit pas d'un schéma établissant ce que l'ordre devrait être ; c'est à cela que nous avons été éduqués — à suivre un modèle instauré par les religions, les cultures, stipulant ce que l'ordre est censé être, ou ce qu'il est. L'esprit s'est efforcé de se conformer à cet ordre, que celui-ci s'applique à la sphère culturelle, sociale, légale ou religieuse ; il s'est efforcé de se soumettre au modèle véhiculé par les activités sociales, instauré par certains décideurs, certains maîtres. Pour moi, l'ordre, ce n'est pas cela, car il y a là un conformisme latent, et là où il y a conformisme, il y a désordre. Là où il y a soumission à l'autorité, il y a désordre. Là où l'existence est comparative — c'est-à-dire que chacun se mesure à l'autre, se compare à l'autre —, il y a désordre. Je vais vous en montrer les raisons.

Pourquoi votre esprit se conforme-t-il ? Vous l'êtes-vous jamais demandé ? Vous rendez-vous compte que vous vous conformez sans cesse à un modèle ? Peu importe le modèle en cause, et peu importe qu'il vous soit imposé de l'extérieur, ou par vous-même. Pourquoi ne cessons-nous de nous conformer ? Le conformisme est incompatible avec la liberté, c'est l'évidence même. Pourtant, l'esprit est toujours en quête de liberté — plus grande est son intelligence, sa vivacité, sa lucidité, et plus grande est sa soif de liberté. L'esprit se conforme, il imite, parce qu'à se conformer, à se soumettre à un modèle, on gagne en sécurité. C'est un fait patent. Nombre de vos attitudes sociales expriment cette primauté des conventions. Vous avez beau avoir étudié à l'étranger, être un grand savant, ou un homme politique de premier plan, vous êtes toujours sournoisement hanté par la peur que des choses funestes ne vous arrivent si vous ne fréquentez pas le temple, ou si vous ne faites pas les gestes ordinaires qu'on vous a inculqués — vous vous pliez donc aux conventions. Or qu'arrive-t-il à l'esprit qui se conforme ? Examinez bien la question, je vous en prie. Lorsque vous vous conformez, qu'arrive-t-il à votre esprit ? C'est tout d'abord le déni total de liberté, de perception, d'investigation indépendante. N'est-il pas vrai que lorsqu'on se soumet, la peur est là ? Dès la plus tendre enfance, l'esprit est rodé à imiter, à se plier aux schémas imposés par la société — réussir aux examens, avoir un diplôme, trouver un emploi, si on a de la chance, se marier, et c'est tout. Vous acceptez ces schémas, et vous craignez de vous en écarter.

Ainsi, au fond de soi-même, toute liberté est bannie, on a peur, on a le sentiment de n'être pas libre d'aller à la découverte, de s'enquérir, de chercher, de poser des questions. De sorte que le désordre affecte notre relation. Nous allons, vous et moi, essayer de creuser vraiment les choses en profondeur, d'en avoir une vision lucide, d'en découvrir la vérité ; et c'est cette perception de la vérité qui libère l'esprit, et non une quelconque pratique, ni l'activité d'enquête, mais bien la perception authentique de *ce qui est*.

Nous introduisons le désordre dans la relation, sur le plan intérieur et extérieur, par la voie de la peur, du conformisme, et de la mesure, c'est-à-dire de la comparaison. Ce désordre affecte non seulement nos relations mutuelles, si intimes soient-elles, mais également nos liens avec l'extérieur. Si nous percevons clairement ce désordre, non seulement là-bas, au-dehors, mais ici même, au plus profond de nous, et en voyons toutes les implications, alors de cette perception même surgit l'ordre. Rien ne nous oblige plus désormais à vivre selon un ordre imposé. L'ordre n'a point de modèle, ce n'est pas un schéma à suivre : il découle de la compréhension de ce qu'est le désordre. Mieux on comprend le désordre présent dans la relation, plus grand est l'ordre qui s'ensuit.

Il nous faut donc découvrir en quoi consistent nos relations les uns avec les autres.

Quelles relations entretenez-vous les uns avec les autres ? Y a-t-il relation effective entre vous, ou est-ce avec le passé que s'établit la relation ? C'est le passé, avec ses images, ses expériences, son savoir, qui est à l'origine de ce que l'on appelle la relation. Mais en matière de relation, tout savoir acquis est source de désordre. J'ai des liens avec vous, en tant que fils, ou père, épouse ou mari. Nous avons vécu ensemble, vous m'avez blessé et je vous ai blessé. Vous m'avez houspillé, vous m'avez rudoyé, vous m'avez battu, vous avez proféré à mon encontre, derrière mon dos et face à face, des mots très durs. J'ai ainsi partagé avec vous dix ans — ou deux jours — de ma vie, et les blessures, les irritations, les plaisirs sexuels, les contrariétés, les agressions verbales, et ainsi de suite, sont autant de souvenirs qui restent gravés. Ils sont enregistrés dans le cerveau, lieu de la mémoire. Ma relation avec vous est donc fondée sur le passé. Ma vie n'est autre que le passé. Si vous avez bien observé, vous constaterez à quel point votre esprit, votre vie, votre activité, sont enracinés dans le passé. Or toute relation ancrée dans le passé ne peut que susciter le désordre. En d'autres termes, le savoir est facteur de désordre dans la relation. Si vous m'avez blessé, je m'en souviens ; la blessure, qu'elle date d'hier ou d'une semaine, reste présente à mon esprit, et constitue le savoir que j'ai de vous. Ce savoir fait obstacle à la relation, ce savoir est facteur de désordre. La question est donc celle-ci : lorsque vous me blessez, que vous me flattez, que vous me scandalisez, mon esprit peut-il effacer tout cela de façon immédiate, sans l'enregistrer ? Avez-vous jamais tenté l'expérience ?

Comme est belle la lune qui perce le feuillage en ce soir baigné de lumière et scandé par le cri des corbeaux ! Cette lune magnifique derrière ce rideau de feuilles est une chose merveilleuse. Regardez-la et prenez-y plaisir[1].

Admettons, par exemple, que quelqu'un m'ait tenu des propos plutôt rudes, et qui ne sont pas vrais. Ces propos s'enregistrent, et mon esprit identifie ensuite leur auteur à cet enregistrement, et agit en fonction de celui-ci. Dès lors que l'esprit agit sur la base d'une connaissance préalable — de l'insulte, de ces mots blessants, de cette contrevérité —, ce savoir acquis suscite un désordre au sein de la relation. Nous sommes bien d'accord ? Alors, comment faire en sorte que l'esprit n'enregistre rien au moment où est lancée l'insulte, ou la flatterie ? Car à mes yeux, ce qui compte le plus dans la vie, c'est la relation. Sans relation, le désordre est inéluctable. L'esprit qui vit dans l'ordre, l'ordre total, qui est l'ordre mathématique sous sa plus haute forme, ne saurait tolérer que vienne le frôler, ne serait-ce qu'une seconde, la plus petite ombre de désordre. Et ce désordre naît lorsque l'esprit agit, au sein de la relation, sur la base d'un savoir préalable. Comment l'esprit peut-il faire en sorte de ne pas enregistrer l'insulte, tout en sachant que celle-ci a été proférée — et de même pour la

1. Les conférences avaient lieu le soir en plein air. Il faisait alors plus frais. (*N.d.E.*)

flatterie ? Peut-il savoir qu'elle a été proférée, mais sans l'enregistrer, de sorte que dans cette relation l'esprit conserve toujours sa pureté, sa santé, son intégrité ?

Tout cela vous intéresse-t-il ? Car, sachez-le, si cela vous intéresse réellement, il s'agit là du problème majeur de l'existence : savoir comment vivre une vie où l'esprit aborde la relation sans avoir été ni blessé ni gauchi. Est-ce chose possible ? Nous avons posé là l'impossible question. C'est une question impossible, dont il nous faut trouver l'impossible réponse. Car ce qui est possible est médiocre, déjà achevé, défunt ; mais si l'on pose l'impossible question, l'esprit doit trouver la réponse. En est-il capable ? L'amour : voilà la réponse. L'esprit qui n'enregistre nulle insulte, nulle flatterie, sait ce qu'est l'amour.

L'esprit peut-il faire en sorte de ne jamais enregistrer l'insulte ni la flatterie — absolument jamais ? Est-ce possible ? Si l'esprit peut trouver réponse à cela, nous avons résolu le problème de la relation. Toute notre existence baigne dans la relation. Celle-ci n'est pas une abstraction, c'est une chose de la vie, réelle et quotidienne, un fait. Que vous vous rendiez au bureau, que vous en reveniez, et que ce soit pour partager le lit de votre femme, ou vous disputer avec elle, vous êtes toujours en situation de relation. Et si l'ordre ne règne pas dans cette relation entre vous et l'autre, que l'autre soit un ou multiple, vous créerez une culture qui en définitive sera source de désordre, comme c'est le cas à l'heure actuelle. L'ordre est donc une nécessité absolue. Pour savoir ce qu'il en est, l'esprit peut-il, malgré tout ce qu'il a subi d'insultes, de blessures, de coups, de mots qui font mal, n'en rien retenir, ne fût-ce qu'une seconde ? Si peu que l'on retienne, la chose est déjà enregistrée, laissant son empreinte dans les cellules du cerveau. Voyez la difficulté de la question. L'esprit peut-il agir en préservant une innocence totale ? L'esprit innocent est celui qui est inapte à la blessure. Et étant incapable de subir la moindre blessure, il n'en infligera aucune. Une telle chose est-elle possible ? L'esprit est exposé à des influences, des incidents, des malheurs, des défiances de toutes sortes. Lui est-il possible de ne jamais rien enregistrer, et par ce fait de garder toute son innocence, sa clarté, sa pureté ? Nous allons le découvrir ensemble.

Nous y parviendrons en posant la question de ce qu'est l'amour. L'amour est-il le résultat de la pensée ? L'amour est-il inclus dans le périmètre du temps ? L'amour est-il le plaisir ? L'amour est-il quelque chose qui peut être cultivé, pratiqué, élaboré par la pensée ? L'exploration approfondie de tout cela nous amène forcément à cette question : l'amour est-il assimilable au plaisir — sexuel ou autre ? Notre esprit est lancé dans la course incessante au plaisir : j'ai fait un bon repas hier, le plaisir que j'y ai pris est enregistré, et devenant toujours plus exigeant, je voudrais faire demain un repas similaire, ou encore meilleur. J'ai pris un plaisir extrême à regarder le coucher de soleil, à contempler la lune derrière un rideau de feuillage, ou à suivre des yeux une vague, loin là-bas sur la mer. Tant de beauté suscite une immense joie, et tout cela procure un plaisir immense. L'esprit l'enregistre, souhaite le voir se reproduire. La pensée, confrontée à la sexualité, réfléchit à la question, la retourne, la rumine, et appelle de ses vœux la répétition de l'acte sexuel ; et c'est cela que l'on appelle l'amour. N'est-ce pas ? Ne soyez pas timide lorsque nous abordons le domaine du sexe : il fait partie de votre vie. Vous en avez fait quelque chose de hideux, pour avoir renié toute forme de liberté, hormis cette unique liberté-là.

L'amour, est-ce donc le plaisir ? L'amour est-il élaboré par la pensée, au même titre que le plaisir ? L'amour, est-ce l'envie ? Celui qui est envieux, cupide, ambitieux, violent, conformiste, soumis, en proie au désordre total — celui-là est-il capable d'aimer ? Qu'est-ce, alors, que l'amour ? Ce n'est évidemment rien de tout cela. Ce n'est pas le plaisir. Comprenez surtout bien l'importance du plaisir. Le plaisir est entretenu par la pensée : elle n'est donc pas l'amour. La pensée ne peut pas cultiver l'amour. Elle peut cultiver la quête du plaisir — et elle s'y emploie — comme elle cultive la peur, mais elle ne peut créer l'amour, ni le concevoir. Percevez cette vérité. Percevez-la bien, et vous vous déferez définitivement de votre ambition, de votre avidité. Ainsi, par la « négation[1] », on parvient à cette chose tout à fait extraordinaire — et positive par excellence — qui s'appelle l'amour.

Le désordre, dans la relation, est signe d'une absence d'amour, et ce désordre existe dès lors que règne le conformisme. C'est ainsi que l'esprit qui se

1. La « négation » permet de définir l'amour à partir de ce qu'il n'est pas (il n'est pas le plaisir, il n'est pas la pensée...), par un processus d'éliminations successives... (*N.d.T.*)

soumet à des schémas de plaisir, ou à la notion qu'il se fait de l'amour, ne peut jamais savoir ce qu'est l'amour. En revanche, l'esprit qui a saisi tout le processus de maturation du désordre parvient à un ordre qui est vertu, et qui de ce fait est amour. Ce qui est en jeu, c'est votre vie, et non la mienne. Si vous ne vivez ainsi, vous serez extrêmement malheureux, en butte au désordre social, et ce courant vous emportera à jamais. Seul celui qui s'arrache à ce courant sait ce qu'est l'amour, lui seul sait ce qu'est l'ordre.

Brockwood Park, le 11 septembre 1971

Le préalable à toute recherche touchant à l'humain n'est-il pas une certaine qualité de liberté ? Si nous voulons étudier un problème aussi complexe que l'amour, il faut aborder cette investigation en étant libérés des préjugés, des habitudes, des inclinations qui nous sont propres, et de tout désir de voir l'amour répondre à la conception — plus ou moins moderne ou surannée[1] — que nous en avons. Nous devons, autant que possible, faire abstraction de tout cela, afin d'aller au fond des choses ; sinon nous serons distraits, et nous gaspillerons notre énergie en affirmations ou en contradictions dictées par notre conditionnement personnel. En abordant la question de ce qu'est l'amour, pouvons-nous voir à quel point il est

1. Krishnamurti utilise ici le terme « victorian », qui évoque une époque (1837-1901) — celle du règne de Victoria — mais fait surtout référence au mélange de conformisme étriqué, de puritanisme rigide et d'hypocrisie, en vigueur dans la bonne société britannique de ce temps. Ce terme « victorian » s'applique aussi à tout ce qui est quelque peu suranné — d'où l'opposition avec « modern ». (*N.d.T.*)

important de découvrir la pleine signification, le sens et la profondeur de tout ce dont ce mot est — ou n'est pas — porteur ? Ne devrions-nous pas tout d'abord voir s'il nous est possible de libérer notre esprit de tous les a priori divers associés à ce mot ? Est-il possible de libérer l'esprit, de le délivrer de tous ses préjugés et partis pris tenaces, de toutes ses conclusions solidement enracinées ? Car pour faire ensemble le tour de cette question de ce qu'est l'amour, il faut, me semble-t-il, que notre esprit soit très perceptif, or il est impossible d'avoir un esprit clair et en pleine possession de ses moyens, si nos opinions et jugements préconçus ont déjà décrété d'avance ce que devrait ou ne devrait pas être l'amour. Si l'on veut étudier l'esprit, toute notre démarche d'investigation doit explorer d'abord le sens de la liberté — qui est non pas une liberté par rapport à quelque chose, mais cette qualité de liberté, apte à regarder, à observer, à saisir la vérité. Vous pourrez, ensuite, retourner à vos préjugés, à vos vanités et conclusions particulières, mais pourrions-nous faire abstraction de tout cela pour l'instant, et maintenir cette liberté présente au cœur et au fil de l'enquête ?

Plusieurs éléments entrent en jeu : la sexualité, la jalousie, la solitude, le sentiment d'attachement, de compagnonnage, ainsi qu'une énorme part de plaisir, et donc aussi de peur. Tout cela n'est-il pas inclus dans ce seul mot : l'amour ? Pourrions-nous commencer par cette question du plaisir, puisqu'il joue un rôle capital dans l'amour ? La plupart des religions ont banni la sexualité car, à les en croire, celui qui est pris au piège des plaisirs sensuels ne peut en aucun cas comprendre ce qu'est la vérité, ce qu'est Dieu, ce qu'est l'amour, ce qu'est la chose suprême, l'incommensurable. Ce conditionnement prévaut dans la tradition chrétienne, mais aussi en Inde et dans le bouddhisme. Lorsque nous examinerons cette question de ce qu'est l'amour, nous devons avoir conscience de notre propre héritage de traditions et de conditionnement, d'où découlent les diverses orientations — héritées du siècle dernier[1], ou plus modernes — tendant soit à la répression, soit à la permissivité en matière de plaisir sexuel.

Le plaisir joue dans notre vie un rôle extraordinaire. Si vous avez discuté avec l'un ou l'autre de ces personnages prétendument intellectuels, ou religieux, et censés être hautement disciplinés — qui, même si on les dit tels, n'ont pour moi rien de religieux —, vous savez que la chasteté est l'un de leurs graves problèmes. Vous pouvez considérer que tout cela est hors de propos, que la chasteté n'a plus sa place dans le monde moderne, et écarter la question. A mon sens, ce serait dommage, car l'un des problèmes consiste justement à savoir ce qu'est la chasteté. Pour approfondir cette question de la nature de l'amour, il faut avoir l'esprit profondément ouvert, et ne pas s'en tenir à des affirmations purement verbales. Pourquoi le plaisir joue-t-il un rôle si important dans notre vie ? Je ne dis pas que cela soit bien ou mal : nous examinons la question, sans affirmer que le sexe ou le plaisir doivent être prônés ou

1. Voir note page 22.

bannis. Pourquoi le plaisir joue-t-il un rôle aussi immense dans chacune des activités de notre vie ? Le plaisir est l'une de nos pulsions premières, mais pourquoi son impact a-t-il pris des proportions si colossales, non seulement dans le monde occidental, où sa présence est si ostensible et vulgaire, mais aussi en Orient ? Pourquoi ? Voilà bien un de nos problèmes majeurs. Les religions — ou prétendues telles —, les prêtres, ont de tout temps déprécié la sexualité. Si l'on veut aller à la rencontre de Dieu, disent-ils, il faut faire vœu de célibat. Je connais un moine, en Inde, qui est un homme extrêmement sérieux, intellectuel et érudit. Vers quinze ou seize ans, il renonça au monde et fit vœu de célibat. L'âge venant — il avait la quarantaine lorsque je fis sa connaissance —, il décida de briser ses vœux et de se marier. Ce qui lui rendit la vie très difficile, la culture indienne ayant en abomination celui qui revient sur un vœu prononcé. Cet homme fut mis au ban de la société, et connut des moments très difficiles. La mentalité générale est ainsi faite. Pourquoi la sexualité a-t-elle pris une importance si énorme ?

Et il y a tout ce problème de la pornographie, où l'on a licence de lire, d'imprimer tout ce que l'on veut, afin de se libérer des interdits. Vous êtes au courant de ce qui se passe dans le monde. Qu'est-ce que l'amour a à voir avec tout cela ? Amour, sexe, plaisir, chasteté — qu'est-ce que tout cela signifie ? N'oubliez surtout pas cette expression — « mener une vie chaste » — ni le sens de ce mot de chasteté auquel l'homme a accordé une telle importance. Essayons de découvrir pourquoi, depuis les temps les plus reculés, l'homme a accordé dans sa vie une place de premier plan à la sexualité, et pourquoi celle-ci se voit opposer de telles résistances. Je ne sais pas comment nous allons trouver réponse à ces questions.

L'une des raisons ne serait-elle pas que, dans l'activité sexuelle, la liberté est totale ? Sur le plan intellectuel, nous ne faisons qu'imiter, nous ne sommes pas créatifs, notre activité intellectuelle est de seconde, voire de troisième main ; nous répétons — nous répétons ce qu'ont dit les autres, nous rabâchons nos petites pensées. Dans ce domaine-là, nous ne sommes ni actifs, ni créateurs, ni vivants, ni libres ; et, sur le plan émotionnel, nous manquons de passion, d'intérêt profond. Nous pouvons nous enthousiasmer, mais ce n'est qu'éphémère ; la passion soutenue nous fait défaut, et notre vie se résume à la routine plus ou moins mécanique du quotidien. Cette existence étant réduite à des réactions répétitives, mécaniques, tant sur le plan intellectuel et technologique que, dans une certaine mesure, sur le plan émotionnel, l'unique activité qui soit autre — le sexe — prend tout naturellement une formidable importance. Si la liberté existait au niveau intellectuel, si nous étions pleins de passion, de flamme, alors le sexe retrouverait sa juste place, relativement secondaire. Nous cesserions de lui attribuer une importance si énorme, de vouloir atteindre grâce à lui le nirvana, ou de croire qu'il est la clé de notre union avec l'humanité. Vous savez très bien tout ce qu'on espère découvrir à travers lui !

Notre esprit est-il donc capable de trouver la

liberté ? Notre esprit peut-il être formidablement vivant et clair, perceptif ? Mais que ce ne soit pas une perception empruntée à d'autres, aux philosophes, aux psychologues, et aux soi-disant maîtres spirituels, qui n'ont de spirituel que le nom. Dès lors qu'il existe une qualité de liberté profonde et passionnée, la sexualité reprend sa juste place. En quoi consiste alors la chasteté ? N'a-t-elle pas sa place dans notre vie ? Que veut dire ce mot — chaste —, pas seulement selon le dictionnaire, mais quel en est le sens profond ? Avoir un esprit complètement chaste — qu'est-ce que cela veut dire ? Je crois qu'il conviendrait de creuser la question. Car c'est peut-être beaucoup plus important qu'il n'y paraît.

Si l'on a conscience de l'activité de l'esprit dans toute sa dimension — sans cette division, ce conflit que l'observateur de l'esprit, par sa présence même, suscite entre observateur et objet observé —, ne voit-on pas alors le processus continuel de formation des images et des souvenirs liés à tous les plaisirs, les malheurs, les accidents, insultes, impressions, influences et contraintes d'ordres divers que nous avons connus ? C'est tout ce vécu qui encombre notre esprit. La pensée se fait de l'acte sexuel une représentation sur laquelle elle s'attarde, et, par l'imagination, elle entretient des émotions évocatrices qui l'excitent. Un tel esprit n'est pas un esprit chaste. L'esprit chaste est celui qui est vide de toute représentation, de toute image. Alors, l'esprit est toujours innocent. Le mot *innocence* décrit un esprit qui ne peut ni recevoir ni infliger de blessures ; il est incapable de blesser, comme il est incapable d'être blessé, tout en gardant une vulnérabilité totale. Celui-là est un esprit chaste. Mais tous ceux qui ont fait vœu de chasteté sont rien moins que chastes : ils ne sont qu'en lutte perpétuelle avec eux-mêmes. Je connais pas mal de moines, en Occident comme en Orient, et je sais quelles tortures ils ont endurées, toujours dans le but de trouver Dieu. Ils ont l'esprit déformé, écartelé.

C'est tout cela qui entre en jeu dans le plaisir. Où se situe le plaisir par rapport à l'amour ? Quel lien y a-t-il entre la quête du plaisir et l'amour ? Apparemment, les deux vont de pair. Notre vertu est fondée sur le plaisir, notre moralité est fondée sur le plaisir. Nous disons qu'on peut y accéder par le sacrifice — dont on tire du plaisir ! — ou par la résistance, d'où l'on peut tirer le plaisir lié à la réussite. Où est donc la ligne de démarcation, à supposer qu'elle existe, entre le plaisir et l'amour ? Peuvent-ils aller de pair, s'entremêler ? Ou sont-ils toujours distincts ? L'homme a dit : « Aime Dieu, mais cet amour-là n'a absolument rien à voir avec l'amour profane. » Vous savez bien que ce problème ne remonte pas seulement à l'époque historique, mais se pose depuis le commencement des temps. Où est donc cette ligne de démarcation ? Ou bien n'existerait-elle pas ? Amour et plaisir ne sont pourtant pas interchangeables, et si, comme la plupart d'entre nous, on est lancé à la poursuite du plaisir — au nom de Dieu, au nom de la paix, au nom des réformes sociales — alors quelle place l'amour tient-il dans cette quête ?

Telles sont donc les questions qu'il faut approfondir : qu'est-ce que le plaisir, qu'est-ce que la jouissance, qu'est-ce que la joie ? La félicité est-elle liée au plaisir ? Ne dites ni oui, ni non, trouvons ensemble les réponses. Contemplez un bel arbre, un nuage, la lumière sur l'eau, ou la vaste étendue du ciel, ou encore le beau visage d'un homme ou d'une femme. Dans le plaisir qui naît à la vue de quelque chose de réellement beau, il entre une grande joie, un sentiment réel d'appréciation face à cette chose extraordinaire, pleine de noblesse, de clarté, de beauté. Et lorsqu'on bannit le plaisir, c'est aussi la négation de toute la perception de la beauté. Et les religions l'ont banni. Je me suis laissé dire que dans le monde occidental, ce n'est que très récemment que l'art du paysage a fait irruption dans la peinture religieuse, alors qu'en Chine et en Orient, la représentation du paysage, de l'arbre était considérée comme une forme picturale noble et religieuse.

Pourquoi l'esprit est-il à la recherche du plaisir ? Que ce soit bien ou mal n'est pas la question. Mais quel est le mécanisme de ce principe de plaisir ? Si vous exprimez tout de suite votre accord ou votre désaccord, alors nous sommes perdus, mais si, ensemble, nous cherchons véritablement à découvrir quel est le principe, le mécanisme de tout ce mouvement du plaisir, alors nous comprendrons peut-être ce qu'est la vraie jouissance. Qu'est-ce donc que la joie et la félicité, qui sont sous-jacentes à l'extase ? Et l'extase — est-elle liée au plaisir ? La joie peut-elle jamais se muer en plaisir ?

Quels sont les mécanismes du plaisir ? Pourquoi l'esprit est-il ainsi perpétuellement lancé à sa poursuite ? Il est impossible de s'opposer à la perception — à la vue d'une belle maison, ou d'une belle pelouse verte baignée de soleil, ou du vaste désert sans le moindre brin d'herbe, et de l'immensité du ciel. On ne peut pas s'empêcher de les voir — et cette vue même est un plaisir, un ravissement, n'est-ce pas ? Lorsqu'on voit un beau visage — pas seulement harmonieux dans ses proportions, mais ayant en lui une beauté, une qualité secrète, une intelligence, une vitalité —, la vue de ce visage est une merveille, et il est, dans cette perception, un grand ravissement. A quel moment celui-ci se transforme-t-il donc en plaisir ? Vous voyez une statue de Michel-Ange, et vous la contemplez ; c'est une chose extraordinaire — pas du point de vue du sujet, mais de la qualité de l'œuvre. Et cette simple perception est source d'un immense délice, d'un immense plaisir. Puis vous vous en allez, et l'esprit songe à la statue, la pensée se met en marche. C'était une bien belle chose, dites-vous. Au premier contact visuel, il y a eu un sentiment fort, une intensité dans la perception d'un objet merveilleux ; puis la pensée s'en empare, s'en souvient, et se rappelle le plaisir que vous avez éprouvé à voir cette statue. La pensée crée alors ce plaisir ; elle confère une vitalité, une continuité à l'événement qu'a été votre rencontre avec cette statue. La pensée est donc responsable de la quête du plaisir. Je n'invente rien, vous pouvez le constater. Vous contemplez un beau coucher de soleil, et vous dites après coup : « Si seulement je pouvais retourner là-bas et le contempler de nouveau. » Au moment où vous regardiez le coucher de soleil, il ne s'agissait pas de plaisir, mais du spectacle coloré et intense de quelque chose d'extraordinaire. Mais quand vous reprenez le cours de votre vie, votre esprit dit alors : « Comme c'était merveilleux, si seulement je pouvais revivre cela ! » La pensée perpétue donc les choses sous forme de plaisir. Serait-ce donc là le mécanisme ? Que se passe-t-il donc alors ? Jamais plus vous ne voyez vraiment de coucher de soleil — jamais plus ! — car le souvenir du coucher de soleil initial demeure, et c'est à celui-là que vous comparez toujours tous les autres. Ce que vous voyez n'est donc plus jamais quelque chose de totalement neuf.

Notre question est donc de savoir s'il est possible de voir ce coucher de soleil, ou ce beau visage, ou votre expérience sexuelle, ou que sais-je encore, et de s'en tenir là, sans chercher à rien prolonger — que la chose en question soit d'une grande beauté, ou liée à une grande souffrance, une grande douleur physique ou psychologique. Peut-on en voir la beauté et en rester là, couper court définitivement, sans rien prolonger ni emmagasiner en prévision du lendemain, du mois ou du futur à venir ? Si l'on emmagasine les choses, alors la pensée joue avec. La pensée, c'est le fait d'emmagasiner tel incident, telle douleur ou telle souffrance, ou tel objet de délices. Comment peut-on donc non pas empêcher ce processus, mais en prendre conscience, et faire en sorte qu'il n'entre pas du tout en jeu ?

Je *veux* voir le coucher de soleil, j'ai envie de voir les arbres, qui recèlent toute la beauté de la terre. Ce n'est pas ma terre ni la vôtre, mais notre terre ;

elle n'appartient ni à l'Anglais ni au Russe ni à l'Indien, c'est notre terre, faite pour qu'on y vive sans frontières, sans l'horreur de toutes ces guerres, et tout le mal causé par l'homme. Avez-vous déjà vu des palmiers sur une colline isolée ? Quel spectacle merveilleux ! Ou bien un arbre solitaire en plein champ ? Je *veux* le regarder, j'ai envie d'en profiter, mais je refuse que cela se réduise à un vilain petit plaisir. Or la pensée va immanquablement le réduire à cela.

Comment la pensée peut-elle fonctionner en cas de nécessité, et s'en abstenir en d'autres circonstances ? La chose n'est possible que lorsqu'on a véritablement conscience de tout le mécanisme de la pensée, de ses structures et de sa nature, des domaines où elle doit fonctionner — de manière absolument logique, saine, et ni névrotique ni personnelle — et des domaines où elle n'a absolument pas sa place. Qu'est-ce donc que la beauté et la pensée ? L'intellect peut-il jamais percevoir la beauté ? Il peut sans doute la décrire, l'imiter, la copier, il peut faire beaucoup de choses, mais la description n'est pas la chose décrite. Nous pourrions continuer à approfondir de la sorte indéfiniment.

Ainsi, une fois compris la nature du plaisir et le principe de plaisir, qu'en est-il alors de l'amour ? L'amour est-il la jalousie ? L'amour est-il la possessivité ? L'amour est-il la domination, ou l'attachement ? Vous savez très bien comment va la vie : la femme domine l'homme, ou l'homme domine la femme. L'homme agit parce qu'il a envie d'agir ; il est ambitieux, avide, envieux ; il veut une situation, le prestige. Sa femme dit : « Je t'en prie, arrête toutes ces fadaises, et tâche de vivre autrement. » Il y a donc entre eux une division — même s'ils partagent le même lit. Peut-il y avoir amour lorsque l'ambition est là, que chacun des deux partenaires est à la recherche de ses plaisirs particuliers ?

Alors, qu'est-ce donc que l'amour ? Il va de soi qu'il ne peut éclore que lorsque est exclu tout ce qui lui est étranger, comme l'ambition, la compétition, le désir de devenir quelqu'un. Car telle est notre vie : nous voulons être quelqu'un de célèbre, réussir, savoir, devenir écrivain, peintre, être toujours plus. C'est tout cela qui constitue l'objet de notre désir. Un tel homme, une telle femme peuvent-ils savoir ce qu'est l'amour ? Autrement dit, pour celui qui n'agit que pour son propre compte, et ce, non seulement dans les petites choses, mais aussi chaque fois qu'il s'identifie à son rôle social, ou à l'Etat, à Dieu, à la nation, à toute une série de croyances — pour celui-là, l'amour est-il possible ? Non, bien sûr. Et c'est pourtant à ce piège que nous nous laissons prendre. Pouvons-nous nous rendre compte de ce piège, en avoir conscience — mais pas parce qu'on nous l'a décrit —, donc prendre conscience du piège qui nous tient prisonnier, et le briser ? C'est en cela que réside la vraie révolution — et non dans la folie d'une révolution par les bombes et les mutations sociales. Si les mutations sociales sont nécessaires, les bombes, elles, ne le sont pas.

Ainsi, lorsque tout le reste s'efface, l'on découvre, ou l'on rencontre sans préméditation, sans sollicitation, cette chose qui a pour nom l'amour. L'amour éclôt quand nous avons réellement saisi la nature du plaisir, et compris comment la pensée détruit ce qui était source d'immense joie. La joie vient spontanément, par surprise, elle surgit comme le bonheur. Mais dès qu'on dit : « Oh, que je suis heureux ! », on ne l'est déjà plus.

Qu'est-ce donc que l'amour dans les rapports humains ? Quelle est la place de l'amour dans les relations humaines ? A-t-il même droit à une place ? Et cependant, il nous faut bien vivre ensemble, coopérer, avoir des enfants ensemble. Celui qui aime peut-il envoyer son fils à la guerre ? Ce problème est le vôtre. Vous avez des enfants, et votre éducation prépare les enfants à faire la guerre, à tuer. Alors, trouvez ! Qu'est-ce donc que cet amour, et quel lien a-t-il avec l'existence humaine ? Je crois que cette question ne pourra trouver de réponse — authentique, et pas seulement discursive ou intellectuelle — que lorsque le principe qui régit le plaisir, et la pensée, et ce devenir, sera totalement compris. Vous découvrirez alors un type de relation d'un tout autre ordre.

Face à un auditoire d'élèves à l'école de Rajghat, le 19 décembre 1952

Nous discutions donc du problème complexe de l'amour. Je ne crois pas que nous puissions jamais le comprendre si nous ne comprenons pas un autre problème tout aussi complexe, celui de ce que nous appelons l'esprit. Avez-vous remarqué comme on est curieux, lorsqu'on est très jeune ? Nous avons envie de savoir, nous voyons beaucoup plus de choses que nos aînés. Nous observons, si nous sommes un tant soit peu éveillés, des choses que les personnes plus âgées ne remarquent pas. Quand on est jeune, l'esprit est beaucoup plus vif, beaucoup plus curieux et désireux d'apprendre. C'est pourquoi on apprend si facilement les mathématiques, la géographie, lorsqu'on est jeune. En vieillissant, l'esprit devient de plus en plus figé, de plus en plus pesant, de moins en moins délié. Avez-vous remarqué à quel point les adultes sont pleins de préjugés ? Ils ont l'esprit rigide, ils manquent d'ouverture, ils abordent toute chose sous un angle déjà fixé. Pour l'instant, vous êtes jeunes, mais si vous ne faites pas très attention, vous deviendrez ainsi à votre tour.

Il est donc très important de comprendre l'esprit, et de voir si par hasard vous ne seriez pas — qui sait ? — capables de souplesse, d'adaptation immédiate, de capacités extraordinaires dans tous les domaines de la vie, capables de chercher et de comprendre, au lieu de vous abêtir petit à petit. Ne faudrait-il pas que vous connaissiez les mécanismes de l'esprit, afin de comprendre les voies de l'amour ? Car c'est l'esprit qui détruit l'amour. Les gens trop intelligents, trop habiles, ignorent ce qu'est l'amour — à cause de cet esprit si aiguisé qui est le leur, et parce qu'ils sont tellement intelligents, tellement superficiels — cela signifie qu'ils restent à la surface des choses — et l'amour n'est pas une chose n'existant qu'en surface.

Qu'est-ce que l'esprit ? Je ne parle pas ici du cerveau, de l'architecture physiologique du cerveau dont pourra vous parler n'importe quel biologiste. Le cerveau est un organe qui réagit à diverses stimulations nerveuses. Mais vous allez découvrir ce qu'est l'esprit. C'est l'esprit qui dit : « Je pense ; ceci est à moi ; cela est à toi ; je suis blessé ; je suis jaloux ; j'aime ; je déteste ; je suis indien ; je suis musulman ; je crois en ceci ; je ne crois pas en cela ; je sais ; tu ne sais pas ; je respecte ; je méprise ; je veux ; je ne veux pas. » Cette chose, qu'est-ce au juste ? Il faut que vous compreniez — il faut vous familiariser avec l'ensemble du processus de la pensée, qui n'est autre que l'esprit —, il faut que vous ayez conscience de tout cela, sinon, en vieillissant, vous deviendrez peu à peu des êtres durs, rigides, bornés, engoncés dans un schéma donné de pensée.

Qu'est-ce donc que cette chose qu'on appelle l'esprit ? C'est le mécanisme de la pensée, la façon dont vous pensez. Je parle de votre esprit — pas de celui d'un autre et de la manière dont cet esprit-là fonctionnerait — donc, de votre façon à vous de ressentir les choses, de regarder les arbres, un poisson, un pêcheur, de votre attitude envers le villageois. Petit à petit, l'esprit se déforme et se fixe sur certains schémas, certains modèles. Lorsque vous voulez quelque chose, que vous le désirez, que vous en avez follement envie, quand vous voulez devenir quelque chose, alors vous instaurez un modèle ; ou plutôt, votre esprit crée ce modèle et s'y emprisonne. C'est votre désir qui fige votre esprit. Disons, par exemple, que j'ai envie de devenir très riche. Le désir de devenir riche suscite un modèle, ma pensée s'y laisse prendre, et je ne peux plus penser en d'autres termes, je ne peux pas transcender le modèle. L'esprit en devient prisonnier, se fige, devient dur, borné. Ou alors, je crois en quelque chose — en Dieu, ou en un système politique —, cette foi même commence à fixer un schéma, car elle résulte de mon désir, et ce désir renforce les structures du schéma. Petit à petit, mon esprit devient terne, incapable de souplesse, de vivacité, d'acuité, de clarté, parce que je suis pris dans le labyrinthe de mes propres désirs.

Donc, tant que je n'aurai pas véritablement exploré ce processus qui constitue mon esprit, ces mécanismes de ma pensée, mes attitudes par rapport à l'amour, tant que mon propre mode de pensée ne me sera pas devenu familier, il me sera tout à fait impossible de découvrir ce qu'est l'amour. Il n'y a pas d'amour possible tant que mon esprit aspire à certains faits liés à l'amour, certaines actions propres à l'amour, et tant que j'imagine ce que celui-ci devrait être. Je confère alors à l'amour certains mobiles. C'est ainsi que je crée insensiblement un schéma d'action par rapport à l'amour. Mais cela n'est pas l'amour : c'est seulement l'amour tel qu'il devrait être selon mon désir. Disons, par exemple, que je vous possède en tant que femme ou mari. Comprenez-vous ce que veut dire *posséder* ? Vous possédez votre sari ou votre veste. Si quelqu'un vous le prenait, vous seriez en colère, vous seriez anxieux, vous seriez irrité. Pourquoi ? Parce que vous considérez votre sari ou votre veste comme étant à vous, comme étant votre propriété ; vous le possédez, parce que la possession vous donne un sentiment de richesse. La possession d'un grand nombre de saris ou de vestes vous donne une impression de richesse, non seulement matérielle, mais aussi intérieure. Donc, lorsque quelqu'un vous prend votre veste, vous êtes irrité, parce que cela vous enlève ce sentiment de richesse, de possession. Le fait de posséder ne crée-t-il pas, en fait, une barrière, en ce qui concerne l'amour ? Si je vous possède, si vous êtes à moi, est-ce l'amour ? Je vous possède comme je posséderais une voiture, une veste, un sari, parce que, en possédant, je me sens très riche ; je suis dépendant de tout cela ; intérieurement, c'est très important pour moi. Cette possession, cette attitude de propriétaire, cette dépendance, c'est ce que nous appelons l'amour. Mais si vous examinez bien les choses, vous verrez qu'à l'arrière-plan, l'esprit trouve une satisfaction à posséder. Car en définitive, lorsqu'on possède un sari, ou de nombreux saris, ou une voiture, ou une maison, intérieurement cela vous donne une certaine satisfaction d'avoir le sentiment que tout cela vous appartient.

Ainsi, l'esprit, à force de désirer, d'avoir des envies, crée un schéma de pensée qui devient un carcan, et c'est ainsi que l'esprit devient las, terne, stupide, creux. L'esprit est le centre, le noyau de ce sentiment du « mien », le sentiment que je possède, que je suis un homme important, ou un homme sans importance, que je suis touché par l'insulte ou la flatterie, que je suis intelligent, ou très beau, que je veux être ambitieux, ou que je suis le fils ou la fille de quelqu'un. Ce sentiment du « moi », le « je », est le centre de l'esprit, est l'esprit lui-même. Donc, plus notre esprit a le sentiment que « telle chose m'appartient », et érige des remparts autour d'un sentiment — du genre : « Je suis quelqu'un », « Je dois être un grand homme », « Je suis très intelligent » ou « Je suis un homme tout à fait stupide, bête » —, plus il engendre un schéma rigide, et plus il se replie et s'émousse. Alors il souffre ; alors dans cet enfermement surgit la douleur. Alors il dit : « Que faire ? » Alors il lutte dans l'espoir de faire d'autres trouvailles, au lieu d'abattre — grâce à la pensée, à une vigilance attentive, en allant au fond des choses, en les comprenant — les murailles qui l'emprisonnent. Il veut s'approprier les choses de l'extérieur, puis se refermer de nouveau sur lui-même. C'est ainsi que, progressivement, l'esprit devient un obstacle à l'amour. Ainsi donc, sans cette compréhension de la vie, de ce qu'est l'esprit, de ce qu'est le mécanisme de la pensée, le processus d'où découle l'action, il est impossible de découvrir ce qu'est l'amour.

L'esprit n'est-il pas aussi un instrument de comparaison ? Vous dites que ceci est meilleur que cela ; vous vous comparez à tel autre qui est plus beau, qui est plus intelligent. Il y a comparaison lorsque vous dites : « Je me souviens de cette rivière que j'ai vue l'an dernier, elle était encore plus belle alors. » Vous vous comparez à un autre, à un exemple, à l'idéal suprême. Tout jugement comparatif émousse l'esprit ; il ne l'aiguise pas, il ne le rend pas capable d'embrasser les choses de façon large, inclusive, car lorsqu'on compare sans cesse, que se passe-t-il en définitive ? Vous voyez le coucher de soleil, et vous le comparez immédiatement au coucher de soleil précédent. Vous voyez une montagne, et toute sa splendeur. Puis vous dites : « J'ai vu une montagne encore plus belle il y a deux ans. » Lorsque vous comparez, vous ne regardez pas réellement le coucher de soleil qui est là sous vos yeux, mais vous le regardez dans le but de le comparer à quelque chose d'autre. La comparaison empêche donc de regarder pleinement. Je vous regarde, vous êtes sympathique, mais je dis : « Je connais quelqu'un de plus sympathique, de meilleur, de plus noble, ou de plus stupide. » Lorsque j'agis ainsi, je ne vous regarde pas vraiment. Mon esprit étant occupé ailleurs, je ne vous regarde pas du tout. De la même façon, je ne regarde pas le moins du monde le coucher de soleil. Pour regarder vraiment le coucher de soleil, toute comparaison doit être exclue ; pour vous regarder vraiment, je ne dois pas vous comparer à quelqu'un d'autre. Ce n'est que lorsque je vous regarde en l'absence de tout jugement comparatif que je peux vous comprendre. Mais quand je vous compare à quelqu'un d'autre, alors je vous juge et je dis : « Oh, quel individu stupide ! » C'est donc lorsqu'il y a comparaison que surgit la notion de stupidité. Je vous compare à quelqu'un d'autre, et cette comparaison même fait que toute dignité humaine est absente. Lorsque je vous regarde sans comparer, je me préoccupe uniquement de vous, et de personne d'autre. L'attention même que je vous porte, qui n'est pas comparative, rend alors possible l'existence de la dignité humaine.

Donc, tant que l'esprit compare, il n'est point d'amour, et pourtant l'esprit ne cesse de juger, de comparer, de peser, de chercher la faille, le point faible. Là où il y a comparaison, il n'est point d'amour. Lorsqu'un père et une mère aiment leurs enfants, ils ne les comparent pas entre eux, pas plus qu'ils ne comparent leur enfant à d'autres enfants : c'est leur enfant, ils l'aiment en tant que tel. Mais vous voulez vous comparer à quelque chose de mieux, de plus noble, de plus riche, vous suscitez ainsi en vous une absence d'amour. C'est toujours par rapport à quelqu'un d'autre que vous vous considérez. Au fur et à mesure que l'esprit devient de plus en plus comparatif, de plus en plus possessif, de plus en plus dépendant, il sécrète un modèle, un schéma dans lequel il s'enferme, il ne peut donc rien aborder avec la fraîcheur de l'inédit. Et il détruit cette chose même, ce parfum même de la vie qu'est l'amour.

*

Un élève : L'amour ne s'achève-t-il pas inéluctablement ? L'amour n'est-il pas basé sur la séduction ?

Krishnamurti : Supposons que vous soyez attiré par une belle rivière, par une belle femme, ou par un homme. Quel mal y a-t-il à cela ? Nous essayons de le découvrir. Voyez-vous, lorsque je suis séduit — que ce soit par une femme, un homme, un enfant, ou par la vérité —, je veux être auprès de cette personne ou de cette chose, je veux la posséder, je veux en faire ma propriété — je dis qu'elle m'appartient, à moi et pas à vous. Je suis attiré par cette personne, il faut que je sois auprès d'elle, que mon corps soit tout près du sien. Qu'ai-je donc fait ? Que se passe-t-il alors en général ? Le fait est que je suis attiré, séduit, et que j'ai besoin de cette proximité ; c'est un fait, pas une abstraction. Et c'est aussi un fait que lorsque je suis attiré et que je veux posséder, il n'y a pas d'amour. Ce qui m'intéresse, c'est le fait, et non ce qui devrait être. Lorsque je possède une personne, je ne veux pas que cette personne regarde qui que ce soit d'autre. Lorsque je considère cette personne comme étant mienne, y a-t-il amour ? Non, évidemment. Dès l'instant où mon esprit crée autour de cette personne un rempart où elle est enclose en tant que « mienne », il n'y a point d'amour.

Le fait est que mon esprit ne cesse d'agir de la

sorte. C'est cela, l'objet de notre discussion : il s'agit de voir comment fonctionne l'esprit ; et peut-être, en en prenant conscience, l'esprit lui-même se taira.

*

Un élève : Pourquoi l'amour nous semble-t-il nécessaire ?

Krishnamurti : Vous voulez dire pourquoi avons-nous besoin d'amour ? L'amour est-il forcément indispensable ? Pouvons-nous nous en passer ? Que se passerait-il si l'on était privé de ce soi-disant amour ? Si vos parents commençaient à se demander pourquoi ils vous aiment, peut-être ne seriez-vous pas ici. Peut-être qu'ils vous jetteraient dehors. Mais ils pensent qu'ils vous aiment ; donc ils veulent vous protéger ; ils estiment qu'ils se doivent de vous donner les meilleures chances de devenir quelqu'un. Ce désir de protection, ce souci de pourvoir à votre éducation, ce sentiment que vous leur appartenez, c'est ce que l'on appelle généralement l'amour. Sans lui, que se passerait-il ? Qu'arriverait-il si vos parents ne vous aimaient pas ? Vous seriez laissés à l'abandon, vous seriez une gêne, vous seriez rejetés, haïs. Heureusement, donc, que ce sentiment d'amour existe — peut-être pas dans tout son éclat, sa beauté, sa pureté — mais il existe, heureusement pour vous et moi ; sinon vous et moi n'aurions reçu aucune éducation ; nous n'existerions pas.

Bombay, le 12 février 1950

Interlocuteur : Nos vies sont vides de tout élan réel de bonté, et nous cherchons à combler ce vide à grand renfort de charité organisée et de justice imposée. La sexualité est toute notre vie. Pouvez-vous éclairer ce sujet si lourd ?

Krishnamurti : Disons, pour traduire la question : notre problème, c'est que nos vies sont vides, et que nous ne savons pas aimer ; nous savons tout des sensations, tout de la publicité qui les entoure, tout des besoins sexuels, mais nous ne savons pas aimer. Comment ce vide peut-il donc être transformé, comment peut-on découvrir cette flamme sans fumée ? C'est assurément là qu'est la question, n'est-ce pas ? Alors, trouvons ensemble la vérité sur cette affaire.

Pourquoi nos vies sont-elles vides ? Nous avons beau être très actifs, nous avons beau écrire des livres et aller au cinéma, nous avons beau jouer, aimer, et nous rendre au bureau, nos vies sont pourtant vides, ennuyeuses, routinières. Pourquoi nos relations sont-elles si factices, si vides, si pauvres de sens ? Nous connaissons suffisamment nos vies pour avoir conscience du peu de sens qu'a notre existence ; nous citons des phrases et des idées que nous avons apprises — nous répétons les propos de tel ou tel, ceux des mahatmas, ceux du dernier saint en date, ou de saints plus anciens. Si ce n'est une personnalité religieuse, c'est un leader politique ou intellectuel que nous suivons, que ce soit Marx, Adler ou le Christ. Nous sommes des disques usés qui répétons sans cesse, et nous appelons cette répétition le savoir. Nous apprenons, nous répétons, mais nos vies demeurent totalement factices, ennuyeuses et laides. Mais pourquoi ? Pourquoi en est-il ainsi ? Pourquoi avons-nous accordé une telle importance aux choses de l'esprit ? Pourquoi l'esprit tient-il une si grande place dans notre vie — l'esprit n'étant autre que les idées, la pensée, l'aptitude à rationaliser, à peser, à mettre en balance, à calculer —, pourquoi ? Pourquoi avons-nous donné une importance aussi extraordinaire à l'esprit ? Ce qui ne signifie pas pour autant qu'il faille devenir hyperémotif, sentimental, et prompt aux épanchements. Nous connaissons bien cette vacuité, cet extraordinaire sentiment de frustration. Pourquoi y a-t-il, dans notre vie, de tels abîmes de superficialité, un tel sentiment de négation ? Assurément, nous ne pourrons le comprendre que grâce à une approche pleinement consciente de ce qui se joue au cœur de toute relation.

Que se passe-t-il réellement au sein de nos relations ? Nos liens relationnels ne sont-ils pas un repli sur soi ? Chaque activité de l'esprit n'est-elle pas un processus de sauvegarde, la recherche d'une sécurité, d'un isolement ? Cette forme de pensée même, qui, d'après nous, est collective, n'est-elle pas un processus d'isolement ? Chacun des actes de notre vie n'est-il pas un processus de repli sur soi ? Vous pouvez le constater dans votre vie quotidienne. La famille est devenue un lieu de repli progressif, et, étant isolée, elle ne peut exister qu'en situation d'opposition. Toutes nos actions mènent donc à l'isolement, au repli sur soi, ce qui crée ce sentiment de vide ; et c'est parce que nous sommes vides que nous entreprenons de combler le vide par tous les moyens : la radio, le bruit, les bavardages, les commérages, la lecture, l'acquisition des connaissances, la respectabilité, l'argent, le prestige social, etc. Mais tout cela fait partie du processus d'isolement, et ne fait donc que renforcer celui-ci. Ainsi, pour la plupart d'entre nous, la vie est un processus d'isolement, de refus, de résistance, de soumission à des schémas établis : et, naturellement, toute vie est absente de ce processus, d'où ce sentiment de vacuité, de frustration. Or il va de soi qu'aimer quelqu'un, c'est communier avec cette personne, et ce, non pas à un niveau particulier et exclusif, mais de manière intégrale, complète, sans restrictions ; mais nous ignorons ce type d'amour. Nous ne connaissons l'amour qu'en tant que sensation — mes enfants, ma femme, ma propriété, mes connaissances, ma réussite ; et tout cela n'est, là encore, qu'un processus d'isolement. Dans toutes les directions, notre vie mène à l'exclusion ; c'est un élan de la pensée et des sentiments menant au repli, et nous ne communions qu'occasionnellement avec autrui. D'où cet énorme problème.

Telle est donc la situation réelle dans laquelle nous vivons — respectabilité, possession, et vacuité — et la question est de savoir comment transcender cet état de fait. Comment faire pour transcender cette solitude, ce vide, cette insuffisance, cette indigence au fond de nous ? Je crois que la plupart d'entre nous n'ont pas envie de le découvrir. Nous sommes le plus souvent satisfaits de ce que nous sommes ; c'est trop fatigant d'aller à la découverte de l'inédit, nous préférons donc rester tels que nous sommes — c'est bien là que réside la vraie difficulté. Nous avons de multiples dispositifs de sécurité ; nous nous sommes bâti des remparts protecteurs qui nous satisfont ; en de rares occasions, un murmure s'élève derrière les remparts, ou il se déclenche un tremblement de terre, une révolution, une émeute que nous étouffons très vite. La plupart d'entre nous n'ont donc pas véritablement envie de dépasser ce processus d'enfermement ; nous ne faisons que chercher des substituts, nous voulons la même chose sous des formes différentes. Notre insatisfaction reste si superficielle ! Nous voulons quelque chose de nouveau qui nous satisfasse, une nouvelle sécurité, un nouveau moyen de nous protéger — ce qui n'est, une fois de plus, qu'un processus d'isolement. En fait, nous aspirons non pas à transcender notre isolement, mais à le renforcer de telle sorte qu'il soit permanent et à l'abri de toute perturbation. Ils sont très peu nombreux, ceux qui ont vraiment envie de briser le carcan et de voir ce qu'il y a au-delà de cette chose que nous appelons vacuité, solitude. Ceux qui cherchent un substitut aux vieilles choses caduques se contenteront de découvrir ce qui peut leur offrir un regain de sécurité mais, à l'évidence, il en existe quelques-uns qui veulent aller au-delà, c'est donc avec ceux-là qu'il nous faut aller de l'avant.

En fait, pour transcender la solitude, la vacuité, il nous faut impérativement comprendre l'ensemble du processus de l'esprit. Qu'est-ce donc que cette chose que nous appelons la solitude, le vide ? A quoi reconnaissons-nous cette vacuité, cette solitude ? Quels sont les critères de mesure permettant de dire qu'elle est ceci ou cela ? A quelle aune évaluer la solitude, la vacuité ? Vous ne pouvez établir cette mesure que par rapport aux choses caduques, passées. Vous dites qu'il y a vide, vous nommez la chose, et vous croyez l'avoir comprise. Cette dénomination même n'est-elle pas un obstacle à sa compréhension ? La plupart d'entre nous savent ce qu'est cette solitude, que nous essayons de fuir. Nous sommes pour la plupart conscients de cette pauvreté, de cette carence intérieures. Il ne s'agit pas là d'une réaction que nous n'aurions pas menée à son terme, mais d'un fait, et ce n'est pas en lui donnant un nom que nous pouvons effacer le fait — il est là. Comment en connaissons-nous donc le contenu, la nature ? Est-ce en la nommant qu'on comprend une chose ? Est-ce en me nommant que vous me connaissez ? Vous ne pouvez me connaître que lorsque vous m'observez, que vous communiez avec moi, mais en me donnant un nom, en me collant une étiquette, en disant que je suis ceci ou cela, on met évidemment fin à toute communion avec moi. De même, pour connaître la nature de cette chose que nous appelons la solitude, il faut communier avec elle, et aucune communion n'est possible si l'on nomme cette chose. Pour comprendre une chose, il faut d'abord cesser de la nommer. Si vous voulez vraiment comprendre votre enfant — ce dont je doute — que faites-vous ? Vous l'observez, vous le regardez jouer, vous êtes tout yeux, vous l'étudiez. En d'autres termes, vous aimez ce que vous voulez comprendre. Lorsque vous aimez quelque chose, une communion naturelle s'instaure avec elle, mais l'amour n'est pas un mot, un nom, une pensée. Vous ne pouvez pas aimer ce que vous appelez *la solitude* parce que vous n'en avez pas pleinement conscience, vous l'abordez avec une peur qui ne concerne pas la solitude elle-même, mais quelque chose d'autre. Vous n'avez pas réfléchi à la solitude, parce que vous ne savez pas vraiment ce qu'elle est. Ne souriez pas, cela n'a rien d'une argumentation habile — faites plutôt l'expérience de cette chose, là, en ce moment même où nous en parlons, et vous en verrez toute la signification.

Donc, cette chose que nous appelons *le vide* est un processus d'isolement, qui est le produit de nos relations au quotidien, car c'est au sein de la relation que nous cherchons consciemment ou inconsciemment l'exclusion. Vous voulez avoir la propriété exclusive de vos biens, de votre femme ou de votre mari, de vos enfants ; vous voulez nommer l'objet ou la personne comme étant vôtre, ce qui est évidemment signe d'acquisition exclusive. Ce processus d'exclusion mène inévitablement à un sentiment d'isolement, et étant donné que rien ne peut vivre dans l'isolement, il y a conflit, et c'est à ce conflit que nous essayons d'échapper. Toutes les formes d'échappatoires possibles et imaginables — activités sociales, recours à l'alcool, quête de Dieu, rituels de dévotion, cérémonies, bals, ou autres distractions — sont à mettre au même niveau. Et si nous constatons dans la vie quotidienne l'ampleur de ce processus global de fuite devant le conflit, et si nous voulons le dépasser, il est indispensable que nous comprenions la relation. Ce n'est que lorsque l'esprit ne fuit plus en aucune manière que devient possible la communion directe avec cette chose que nous appelons la solitude, le fait d'être seul, et pour communier avec cette chose-là, il faut que l'affection, l'amour, soient présents. Autrement dit, on doit aimer la chose pour la comprendre. L'amour est l'unique révolution, et il n'est pas une théorie, ni une idée ; l'amour ne se conforme à aucun modèle, aucun livre, ne se plie à aucun code social convenu.

La solution du problème ne se trouve donc pas dans des théories, qui ne font qu'accroître l'isolement. On ne la trouvera que lorsque l'esprit, c'est-à-dire la pensée, aura cessé de fuir la solitude. La fuite est un processus d'isolement, et la vérité sur cette affaire, c'est que la communion n'existe que si l'amour est là. Alors, et alors seulement, le problème de la solitude trouve sa solution.

Ojai, le 28 août 1949

Interlocuteur : Il est vrai que les idées séparent, mais elles rassemblent aussi les êtres. N'est-ce pas là l'expression de l'amour qui rend possible la vie en commun ?

Krishnamurti : Je me demande, lorsque vous posez une telle question, si vous vous rendez compte que les idées, les croyances, les opinions, nous séparent ; que les idéologies nous désunissent, que les idées causent inévitablement des cassures. Les idées ne sont pas un facteur d'unisson entre les individus — bien qu'on puisse essayer de rassembler des personnes adhérant à des idéologies divergentes et opposées. Les idées ne peuvent jamais rassembler, car elles sont toujours susceptibles d'être contrecarrées et détruites par le conflit. En définitive, les idées sont des images, des sensations, des mots. Les mots, les pensées, les sensations, peuvent-ils rassembler les êtres ? Ou faut-il pour cela qu'intervienne quelque chose de tout à fait différent ? On constate que la haine, la peur et le nationalisme sont des facteurs de rassemblement. La peur nous rapproche. Une haine commune peut rapprocher des personnalités très opposées, de même que le nationalisme rassemble les membres de groupes opposés. A l'évidence, il s'agit là d'idées. Et l'amour — est-il lui aussi une idée ? L'amour passe-t-il par la pensée ? On peut penser à une personne qu'on aime, ou à tel groupe de personnes qu'on aime. Mais est-ce cela, l'amour ? Lorsque la pensée intervient à propos de l'amour, est-ce encore l'amour ? L'amour, est-ce la pensée ? Il va pourtant de soi que seul l'amour est capable de nous rassembler, et non la pensée — pas plus que tel groupe en opposition avec tel autre. Là où est l'amour, il n'y a plus ni groupes, ni classes sociales, ni nationalités. Il faut donc découvrir ce que l'on entend par l'« amour ».

Les idées, les opinions, les croyances, nous savons ce que cela signifie pour nous — mais qu'entendons-nous au juste par l'« amour » ? Est-ce une élaboration de l'esprit ? C'est effectivement le cas, lorsque le cœur est envahi par des notions émanant de la pensée. Et il en va ainsi pour la plupart d'entre nous. Nous avons laissé notre cœur s'emplir de choses liées à la pensée, comme les convictions, les sensations, les croyances ; et c'est autour de ces notions, et dans ce contexte que nous vivons et que nous aimons. Mais est-ce cela, l'amour ? L'amour passe-t-il par la pensée ? Lorsqu'on aime, la pensée intervient-elle ? L'amour et la pensée ne sont pas en opposition : ne les divisons pas comme étant deux pôles opposés. Lorsqu'on aime, existe-t-il une notion de séparation, de rassemblement, de dispersion ou de rejet entre les êtres ? Assurément, cet état d'amour ne peut être vécu que lorsque le processus de pensée a cessé — ce qui ne signifie pas que l'on doive fatalement sombrer dans le déséquilibre mental ou la folie. Au contraire. Pour dépasser ce seuil, c'est la plus haute forme de pensée qui doit entrer en jeu.

L'amour ne procède donc pas de l'esprit, de la faculté de penser. C'est seulement lorsque l'esprit est tout à fait calme, immobile, silencieux, lorsqu'il n'attend plus, ne demande plus, n'exige plus rien, lorsqu'il cesse d'être possessif, jaloux, peureux, anxieux, ce n'est qu'alors que l'amour devient possible. Quand l'esprit cesse de se projeter, de courir après la satisfaction des sensations, des demandes, des besoins, des peurs secrètes qui lui sont propres, qu'il n'est plus en quête d'accomplissement personnel, ni esclave d'une croyance — c'est alors, et alors seulement que l'amour devient possible. Mais la plupart d'entre nous croyons que l'amour peut aller de pair avec la jalousie, l'ambition, la recherche de visées et de plaisirs personnels. Or il va de soi que l'existence de tels penchants exclut l'amour.

Donc, ce qui doit faire l'objet de nos préoccupations n'est point l'amour, qui éclôt spontanément, sans sollicitation particulière, mais plutôt tout ce qui entrave l'amour, tout ce qui émane de la pensée, et en se projetant fait obstacle à l'amour. Et c'est pourquoi il est capital — avant d'être à même de savoir ce qu'est l'amour — d'appréhender le processus de l'esprit, qui est le siège de l'ego. Et c'est aussi pourquoi il est essentiel d'approfondir inlassablement la connaissance de soi — au lieu de se contenter de dire : « Il faut aimer », ou : « L'amour rassemble », ou : « Les idées sont facteur de division » —, ce qui ne reviendrait qu'à répéter des choses entendues et serait de ce fait dénué de toute utilité. Les mots nous emprisonnent dans leurs enchevêtrements. Mais si nous parvenons à comprendre la signification des mécanismes de notre pensée, de nos désirs, avec leur cortège de quêtes et d'ambitions, cette chose qu'est l'amour peut alors nous devenir accessible ou compréhensible. Mais cela suppose une connaissance de soi hors du commun.

Lorsqu'il y a abnégation, oubli de soi — non point délibéré mais spontané — lorsque l'oubli de soi, le déni de soi ne résulte pas de pratiques, de disciplines qui ne font que nous limiter —, alors l'amour devient possible. Ce renoncement à soi-même se fait jour lorsque le mécanisme de l'ego est compris en totalité, consciemment mais aussi inconsciemment, à l'état de veille comme dans le sommeil et le rêve. On comprend alors tout le mécanisme de l'esprit tel qu'il est à l'œuvre au sein de chacune de nos relations, au cœur de chaque incident, de chaque réponse donnée à chacun des défis rencontrés. C'est en comprenant tout cela, et donc en libérant l'esprit de tout ce processus d'autocorrection et d'autolimitation qu'il s'inflige, que l'amour est rendu possible.

L'amour n'est ni le sentiment, ni le romantisme, ni la dépendance envers quoi que ce soit, et un tel état est extrêmement difficile à appréhender, ou à vivre — car notre esprit ne cesse d'interférer, de poser des limites, d'empiéter sur son domaine d'action. Il importe donc de comprendre en priorité l'esprit et ses mécanismes ; faute de quoi nous resterons piégés dans des illusions, dans des mots et des sensations qui n'ont que peu d'importance. Pour la plupart d'entre nous, les idées ne constituent qu'un refuge, une échappatoire ; et, naturellement, lorsqu'elles se muent en croyance, les idées font obstacle à la plénitude de la vie, à la plénitude de l'action, à la justesse de la pensée. Il n'est possible de penser juste, de vivre librement et intelligemment, que lorsque la connaissance de soi se fait toujours de plus en plus large et de plus en plus profonde.

Bombay, le 12 mars 1950

Interlocuteur : Nous savons que la vie sexuelle est une incontournable nécessité physique et psychologique, et il semble qu'elle soit aussi responsable d'un immense désordre qui affecte dans leur vie personnelle les gens de notre génération. Le sexe est une horreur pour les jeunes femmes qui sont victimes du désir des hommes[1]. Refoulement et licence sont d'une égale inefficacité. Comment faire pour régler ce problème ?

Krishnamurti : Pourquoi transformons-nous en problème tout ce que nous touchons ? Nous avons fait de Dieu un problème, nous avons fait de l'amour un problème, nous avons fait un problème de la rela-

1. La remarque peut surprendre le lecteur contemporain ; il faut se replacer dans le contexte historique : l'Inde est indépendante depuis peu, et la présence britannique n'avait guère modifié des traditions imposant des rapports très codifiés et figés entre les sexes (mariages arrangés, voire forcés, système de castes, etc.). D'où l'allusion à l'horreur que pouvaient inspirer des rapports sexuels parfois plus imposés que partagés. (*N.d.T.*)

tion, de la vie, et de la sexualité aussi. Pourquoi ? Pourquoi tout ce que nous faisons pose-t-il problème ? Pourquoi acceptons-nous d'être écrasés par les problèmes ? Pourquoi n'y mettons-nous pas fin ? Pourquoi ne savons-nous pas mourir à nos problèmes, au lieu de les perpétuer jour après jour, année après année ? La sexualité soulève de toute évidence une question pertinente, mais il en est une autre plus fondamentale : pourquoi faisons-nous de la vie un problème ? Le travail, le sexe, l'argent qu'il faut gagner, les pensées, les sentiments, les expériences — bref, tout ce qui constitue la vie —, pourquoi tout cela est-il aussi problématique ? Ne serait-ce pas essentiellement parce que notre pensée part toujours d'un point de vue donné, d'un point de vue fixe ? Notre pensée procède toujours en partant du centre pour aller vers la périphérie, mais chez la plupart d'entre nous, la périphérie nous tient lieu de centre, de sorte que tout ce que nous touchons est superficiel. Or la vie n'est pas superficielle, elle exige d'être vécue dans son intégralité. Et parce que nous ne vivons que superficiellement, nous ne connaissons que réactions superficielles. Quoi que nous fassions au niveau périphérique, cela suscite inéluctablement un problème, et c'est ainsi que va notre vie — nous vivons dans le superficiel, et nous nous contentons de vivre à ce niveau, avec tous les problèmes liés au superficiel.

Les problèmes persistent donc tant que nous vivons dans le superficiel, à la périphérie — cette périphérie étant le « moi » et ses sensations, qui peuvent s'extérioriser ouvertement ou s'exprimer de manière subjective, et qui peuvent être identifiées à l'univers, à la patrie, ou toute autre notion élaborée par l'esprit, les facultés mentales. Tant que nous vivons dans un périmètre circonscrit à l'esprit, les complications, les problèmes sont inévitables, et nous ne connaissons rien d'autre. L'esprit, c'est la sensation, c'est le résultat d'une accumulation de sensations et de réactions, et tout ce qu'il touche est forcément source de malheur, de confusion, et d'éternels problèmes. C'est l'esprit qui est la véritable cause de nos problèmes, cet esprit qui fonctionne mécaniquement jour et nuit, consciemment et inconsciemment. L'esprit est quelque chose d'extrêmement superficiel, et nous avons continué, génération après génération — et nous passons toute notre vie —, à cultiver l'esprit, à le rendre de plus en plus habile, de plus en plus subtil, de plus en plus rusé, de plus en plus malhonnête et retors — et notre vie en donne maints exemples flagrants. La nature même de notre esprit est d'être malhonnête, retors, incapable d'affronter les faits, et là est la source des problèmes, c'est en cela même que réside le problème.

Que signifie pour nous, en fait, ce problème du sexe ? Est-ce l'acte sexuel lui-même qui est en cause, ou les pensées qui s'y rattachent ? Ce n'est assurément pas l'acte. L'acte sexuel ne vous pose pas le moindre problème, pas plus que l'acte de manger ne fait problème pour vous. Le problème est-il donc l'acte sexuel, ou le fait d'y penser ? Pourquoi y songez-vous tant ? Pourquoi en faites-vous un tel événement ? Le cinéma, les magazines, la mode, tout concourt à focaliser votre pensée sur le sexe. Pourquoi l'esprit en fait-il tout un événement, pourquoi même y songe-t-il ? Pourquoi le sexe est-il devenu le problème crucial de votre vie ? Alors que tant de choses réclament, requièrent votre attention, vous la focalisez entièrement sur des pensées liées à la sexualité. Pourquoi cela préoccupe-t-il tant votre esprit ? Parce que le sexe, c'est l'échappatoire suprême. C'est la voie ultime vers l'oubli de soi absolu. L'espace d'un instant, au moins pour une seconde, c'est l'oubli total — et il n'existe pas d'autre moyen de s'oublier soi-même. Tout ce que vous faites d'autre dans la vie ne fait que mettre en valeur le « moi », l'ego. Votre travail, votre religion, vos dieux, vos leaders, vos actes politiques et économiques, vos fuites, vos activités sociales, votre adhésion à un parti et votre rejet d'un autre — tout cela valorise le « moi » et lui donne de la force. Autrement dit, l'acte est le seul qui ne soit pas centré sur le « moi », d'où le problème. Car lorsqu'on n'a dans sa vie qu'une seule chose qui soit la voie royale vers la fuite absolue, l'oubli total de soi-même, ne serait-ce que pour quelques secondes, on s'y accroche, car c'est l'unique moment où l'on soit heureux. Tous les autres problèmes que l'on rencontre deviennent un cauchemar, une source de souffrance et de douleur, on s'accroche donc à cette unique chose qui donne cet oubli total de soi-même qu'on appelle le bonheur. Mais lorsqu'on s'y accroche, il se change à son tour en cauchemar, parce qu'on veut alors s'en libérer ; on ne veut pas en devenir esclave. Alors, on invente, toujours à partir de l'esprit, l'idée de chasteté, de célibat, et l'on essaye de vivre dans le célibat, d'être chaste, par le recours au refoulement, au renoncement, à la méditation, à toutes sortes de pratiques religieuses, tout cela n'étant que des manœuvres de l'esprit, visant à le couper des faits. Mais là encore, cela ne fait que renforcer l'ego, qui s'efforce de devenir quelque chose ; et l'on se retrouve une fois de plus en proie à la souffrance, aux difficultés, à l'effort, à la douleur.

Ainsi, le sexe devient un problème extrêmement difficile et complexe tant que l'on ne comprend pas l'esprit qui réfléchit à ce problème. L'acte sexuel lui-même ne peut en aucun cas faire problème, mais les pensées qui y sont liées suscitent le problème. L'acte, vous le préservez, soit en menant une vie dissolue, soit en trouvant à satisfaire vos désirs dans le mariage. Or il va de soi que le problème ne peut être résolu que lorsqu'on comprend dans leur globalité le processus et la structure du « moi » et du « mien » : ma femme, mon mari, mon enfant, ma propriété, ma voiture, ma réussite, mes succès ; et tant que vous n'aurez pas compris et résolu tout cela, la sexualité continuera à vous poser problème. Tant que vous serez ambitieux — sur le plan politique, religieux, ou sur tout autre plan —, tant que vous mettrez l'accent sur l'ego, le penseur, celui qui est le lieu de l'expérience, en le nourrissant d'ambitions, que ce soit en votre nom propre, à titre individuel, ou au nom de la patrie, ou du parti, ou d'une idée que vous appelez religion, tant qu'existera cette activité d'expansion de l'ego, la sexualité fera forcément problème pour vous.

Car il est un fait que d'une part vous entretenez,

vous gonflez votre ego, et d'autre part vous essayez de vous oblitérer, de vous noyer dans l'oubli, ne serait-ce que pour un bref instant. Comment ces deux situations peuvent-elles coexister ? Votre vie est donc pétrie de contradictions : on exalte le « moi », et on veut l'oublier. Le problème, ce n'est pas le sexe, mais cette contradiction dans votre vie, et cette contradiction ne peut pas être résolue par l'esprit, puisque l'esprit lui-même est une contradiction. La contradiction ne peut être comprise qu'une fois pleinement compris tout le processus de votre existence. Les films que vous allez voir, les livres qui stimulent la pensée, les magazines montrant des corps à demi nus, la façon dont vous regardez les autres, les regards furtifs qui se posent sur vous — tout cela encourage l'esprit de manière détournée à exalter le moi ; et, en même temps, vous essayez d'être bons, aimants, tendres. Les deux choses sont incompatibles.

L'ambitieux — dans la sphère spirituelle ou autre — ne peut en aucun cas échapper aux problèmes, car les problèmes ne cessent que lorsqu'on oublie l'ego, lorsque le « moi » n'existe plus ; et cet état de non-existence du moi n'est pas un acte délibéré, et ce n'est pas une simple réaction. Le sexe devient une réaction, et lorsque l'esprit s'efforce de résoudre le problème, il devient encore plus confus, plus embarrassant, plus douloureux. Le problème n'est donc pas l'acte sexuel, mais l'esprit — l'esprit qui décrète qu'il doit être chaste. Or la chasteté n'est pas du domaine de l'esprit. L'esprit ne peut que refréner ses propres activités, et la répression des instincts n'est pas la chasteté. La chasteté n'est pas une vertu, la chasteté ne se cultive pas. Celui qui cultive l'humilité n'est assurément pas un homme humble ; il baptise son orgueil du nom d'humilité, mais il est orgueilleux, et c'est pourquoi il cherche à devenir humble. L'orgueil ne peut jamais se faire humble, et la chasteté n'est pas une chose dépendant de l'esprit — on ne peut pas « devenir » chaste. Vous ne connaîtrez la chasteté que lorsque l'amour sera là, et l'amour ne dépend pas de l'esprit ni d'une chose liée à l'esprit.

Ainsi, le problème de la sexualité, qui torture tant d'individus dans le monde entier, ne pourra être résolu que lorsqu'on comprendra l'esprit, le fonctionnement de la pensée. Nous ne pouvons pas mettre fin au processus de pensée, mais la cessation de la pensée coïncide avec celle du penseur, or le penseur ne cesse d'exister que lorsque intervient la compréhension de tout ce processus. La peur naît lorsqu'il y a division entre le penseur et sa pensée ; lorsqu'il n'y a plus de penseur, alors et alors seulement s'abolit tout conflit au sein de la pensée. Ce qui est implicite ne nécessite aucun effort de compréhension. Le penseur vient à l'existence par l'intermédiaire de la pensée ; le penseur s'évertue alors à modeler, à contrôler ses pensées, ou à y mettre fin. Le penseur est une entité fictive, une illusion de l'esprit. Lorsqu'on prend conscience de la pensée en tant que fait, il devient superflu de penser au fait. Si l'on met en œuvre une conscience simple, sans choix, alors ce qui est implicite dans le fait commence à se révéler. Et, ainsi, la pensée en tant que fait prend fin. Vous verrez alors que les problèmes qui nous déchirent le cœur et l'esprit, les problèmes de nos structures sociales, peuvent être résolus. La sexualité cesse à ce moment-là d'être un problème, elle prend sa juste place, elle cesse d'être quelque chose de pur ou d'impur.

Le sexe a droit à sa place légitime, mais lorsque l'esprit lui accorde une importance excessive, il devient alors un problème. L'esprit accorde au sexe une place prééminente parce qu'il ne peut pas vivre sans un certain bonheur, et c'est ainsi que la sexualité devient problématique ; mais lorsque l'esprit comprend tout le processus qui est le sien, et touche donc à son terme, c'est-à-dire lorsque la pensée cesse, alors est un état de création, et c'est cette création-là qui nous rend heureux. Cela n'est pas une réponse abstraite aux problèmes quotidiens liés à la sexualité — c'est l'unique réponse. L'esprit nie l'amour, or sans amour il n'est pas de chasteté. C'est parce que l'amour est absent que vous faites du sexe un problème.

I. : L'amour, tel que nous le connaissons et en faisons l'expérience, est la fusion entre deux individus, ou entre les membres d'un groupe ; il est exclusif, et il y entre à la fois de la douleur et de la joie. Lorsque vous dites que l'amour est l'unique solution aux problèmes de la vie, vous donnez à ce mot une connotation qui nous est assez étrangère. Un homme ordinaire comme moi peut-il jamais connaître l'amour au sens où vous l'entendez ?

K. : Tout le monde peut connaître l'amour, mais

on ne peut le connaître que lorsqu'on est capable de regarder les faits en toute lucidité, sans résistance, sans justification, sans les noyer sous des explications — il faut simplement regarder les choses de près, les observer très clairement et très minutieusement. Qu'est-ce, en fait, que cette chose que nous appelons l'amour ? Selon notre interlocuteur, l'amour est exclusif, et il nous fait connaître la joie et la douleur. L'amour est-il réellement exclusif ? Nous allons le découvrir en examinant ce que nous appelons l'« amour » — ce que l'homme ordinaire appelle l'amour. Il n'existe pas d'homme ordinaire. Seul existe l'homme, c'est-à-dire vous et moi. L'homme ordinaire est une entité fictive inventée par les politiciens. Il n'existe rien d'autre que l'homme, c'est-à-dire vous et moi, qui sommes en proie au chagrin, à la douleur, à l'angoisse et à la peur.

Mais au juste, de quoi est faite notre vie ? Pour découvrir ce qu'est l'amour, commençons par ce que nous connaissons. Qu'est-ce que « notre » amour ? Sur fond de douleur et de plaisir, nous savons qu'il est exclusif et personnel : ma femme, mes enfants, mon pays, mon Dieu. Nous le connaissons sous forme d'une flamme voilée de fumée, nous le connaissons à travers la jalousie, à travers la domination, la possession, à travers le sentiment de perte, d'absence, quand l'autre n'est plus là. Nous connaissons donc l'amour en tant que sensation, n'est-ce pas ? Lorsque nous disons que nous aimons, nous connaissons la jalousie, la peur, l'angoisse. Lorsqu'on dit que l'on aime quelqu'un, cela sous-entend la jalousie, le désir de posséder, d'avoir droit de propriété, de dominer, la peur de perdre, et ainsi de suite. C'est tout cela que nous appelons l'amour, et nous ne connaissons pas un amour qui soit exempt de peur, de jalousie, de possession : ce n'est qu'au niveau discursif que nous évoquons cet état d'amour dénué de toute peur, et nous le définissons comme impersonnel, pur, divin, ou que sais-je encore, mais le fait est que nous sommes jaloux, dominateurs, possessifs. Nous ne connaîtrons cet autre état d'amour que lorsque la jalousie, l'envie, la possessivité, la domination, auront cessé ; mais tant que nous posséderons, nous n'aimerons jamais.

L'envie, la possession, la haine, le désir de dominer l'être ou l'objet que nous qualifions de mien, le désir de posséder et d'être possédé — tout cela est un processus de pensée, n'est-ce pas ? L'amour est-il un processus mental ? Une chose qui dépend de l'esprit ? Pour la plupart d'entre nous, c'est effectivement le cas. Ne dites pas le contraire — ce serait absurde de dire une telle chose. Ne niez pas le fait que votre amour soit une chose qui procède de l'esprit. Car c'est assurément le cas ; sinon, vous ne posséderiez pas, vous ne domineriez pas, vous ne diriez pas : « C'est à moi. » Mais puisque vous le dites, c'est que votre amour dépend de votre esprit ; l'amour est donc pour vous un processus lié à la pensée. Vous pouvez penser à la personne que vous aimez, mais le fait de penser à celui ou à celle que vous aimez, est-ce cela, l'amour ? Quand pensez-vous à la personne aimée ? Quand elle n'est plus là, quand elle est partie, quand elle vous a quitté. Mais dès lors qu'elle ne vous cause aucun ennui, dès lors que vous pouvez dire : « Elle m'appartient », alors vous n'éprouvez pas le besoin d'y penser. Vous n'avez pas non plus besoin de penser à vos meubles, ils font partie de vous — ce qui est un processus d'identification visant à vous épargner soucis, perturbations, angoisses ou souffrances. La personne que vous dites aimer ne vous manque donc que lorsque vous êtes perturbé, lorsque vous souffrez ; mais tant que vous possédez cette personne, il vous est superflu d'y penser, parce que dans la possession n'entre pas la moindre perturbation. Mais lorsque la possession est menacée, vous vous mettez à penser, et vous dites alors : « J'aime cette personne. » Votre amour n'est donc rien d'autre qu'une réaction de votre esprit, n'est-ce pas ? Autrement dit votre amour n'est qu'une sensation, et une sensation ne saurait être l'amour. Est-ce que vous songez à la personne, lorsque vous lui êtes étroitement lié ? Lorsque vous possédez, que vous tenez, que vous dominez, que vous contrôlez l'autre, que vous pouvez dire : « Elle m'appartient », ou « Il m'appartient », il n'y a pas de problème. Tant que vous êtes sûr de vous en tant que possesseur, il n'y a pas de problème. Et la société, tout que ce que vous avez bâti autour de vous, vous encourage à posséder et à éviter qu'on vous dérange, afin de ne pas avoir à y songer. Vous y songez lorsque vient la perturbation — et vous ne pouvez manquer d'être perturbé tant que ce que vous appelez l'« amour » ne sera rien d'autre que votre pensée.

L'amour n'est assurément pas de l'ordre de l'esprit. C'est parce que les élucubrations de la pensée ont envahi notre cœur que nous sommes dépourvus d'amour. Ces élucubrations ne sont autres que la jalousie, l'envie, le désir d'être quelqu'un, la soif de réussite. Votre cœur est empli de toutes ces notions issues de l'esprit, et c'est alors que vous dites aimer ; mais comment peut-on aimer lorsqu'on a en soi tous ces facteurs de confusion ? Lorsque la fumée est là, comment une flamme pure pourrait-elle jaillir ? L'amour n'est pas une chose de l'esprit, or l'amour est la seule solution à nos problèmes. L'amour n'appartient pas à l'esprit, et celui qui a accumulé argent ou connaissances ne pourra jamais connaître l'amour, car il vit parmi les choses de l'esprit ; ses activités sont liées à l'esprit, et tout ce qu'il touche devient à son contact problème, confusion et malheur.

Ce que nous appelons l'amour est donc quelque chose qui dépend de l'esprit. Regardez-vous, et vous constaterez que ce que je dis est évidemment vrai ; sinon, nos vies, nos mariages, nos relations seraient tout à fait différents ; nous aurions une société nouvelle. Nous nous lions les uns aux autres, non par fusion mutuelle, mais par contrat, que celui-ci s'appelle amour ou mariage. L'amour n'est pas affaire de fusion, d'ajustement — il n'est ni personnel ni impersonnel : c'est un état d'être. Celui qui a pour désir de fusionner avec quelque chose de plus grand, de s'unir à l'autre, cherche à éviter le malheur, la confusion ; mais son esprit est toujours en état de séparation, et il n'est donc pas intégré. L'amour, lui, ne connaît ni fusion ni diffusion ; il n'est ni personnel ni impersonnel ; c'est un état d'être auquel l'esprit est incapable d'accéder — il ne peut que le décrire, lui donner un nom, le désigner, mais le nom, le mot, la description de l'amour ne sont pas l'amour.

Ce n'est que lorsque l'esprit sera tranquille et qu'il se sera tu, qu'il connaîtra l'amour, et cet état de tranquillité ne se cultive pas. Cultiver, c'est encore une action de l'esprit, la discipline est encore une démarche venue de l'esprit, et l'esprit qui est soumis à une discipline, à un contrôle, à un joug, l'esprit qui résiste, qui explique, ne peut pas connaître l'amour. Vous aurez beau lire, vous aurez beau écouter tout ce que l'on dit de l'amour — cela n'est point l'amour. Ce n'est qu'une fois écarté tout ce qui est lié à l'esprit, une fois le cœur vidé de toute notion liée à la pensée, qu'advient l'amour. Vous saurez alors ce que c'est que d'aimer hors de toute séparation, de toute distance, hors du temps, hors de toute crainte — et cela n'est pas réservé à quelques privilégiés. Il n'y a pas de hiérarchie dans l'amour : il y a l'amour, et c'est tout. Objet d'amour unique ou multiple, exclusivité de l'amour — ces questions n'existent que lorsqu'on n'aime pas. Lorsqu'on aime, il n'y a plus ni « toi » ni « moi ». Dans cet état, il n'y a qu'une flamme sans fumée.

New York, le 18 juin 1950

Interlocuteur : Comment faire pour me débarrasser de la peur, qui influence toutes mes activités ?

Krishnamurti : C'est une question très complexe qui requiert une grande attention. Et si nous ne l'examinons pas, si nous ne l'explorons pas pleinement — c'est-à-dire en vivant l'expérience à chaque étape de notre exploration —, nous ne serons pas capables en définitive de nous libérer de la peur.

Qu'entendons-nous par la « peur » ? La peur de quoi ? Il y a diverses formes de peur, mais il n'est pas indispensable de les analyser toutes. Nous voyons bien que la peur naît lorsque la compréhension que nous avons d'une relation est incomplète. La relation est non seulement le lien existant entre les personnes, mais aussi entre nous-mêmes et la nature, entre nous-mêmes et la propriété, entre nous-mêmes et nos idées. Et tant que cette relation n'est pas pleinement comprise, la peur est inévitablement présente. La vie est relation. Etre, c'est être relié, et sans relation il n'est point de vie. Rien ne peut exister isolément, et tant que l'esprit recherche l'isolement, la peur ne peut être évitée. La peur n'est donc pas une abstraction ; elle n'existe que par rapport à quelque chose.

La question, à présent, est de savoir comment se débarrasser de la peur. Tout d'abord, tout ce qui est surmonté de haute lutte doit sans cesse être de nouveau vaincu. Aucun problème ne peut être maîtrisé, vaincu de manière définitive ; il peut être compris, mais pas vaincu. Ce sont deux processus totalement différents, et le processus de lutte pour la victoire mène à une confusion, à une peur encore plus grandes. Résister au problème, vouloir le dominer, se bagarrer avec lui, ou se défendre contre lui, ne fait qu'accroître le conflit. Alors que si nous parvenons à comprendre la peur, à en explorer pleinement, en profondeur, pas à pas, tout le contenu, alors jamais elle ne reviendra, sous quelque forme que ce soit — et c'est, je l'espère, l'expérience que nous allons pouvoir faire maintenant.

Comme je l'ai dit, la peur n'est pas une abstraction, elle n'existe que dans le cadre de la relation. Qu'entendons-nous au fait par la « peur » ? Ce qui nous fait peur, en dernière analyse, c'est le non-être, le non-devenir. Lorsque surgit cette peur de n'être rien, de ne plus avancer, ou bien la peur de l'inconnu, de la mort, cette peur peut-elle être vaincue grâce à une détermination, à une conclusion, à un choix quelconque ? Bien sûr que non. Refouler, sublimer la peur ou lui trouver des substituts n'a pour effet que de susciter une résistance accrue, n'est-ce pas ? La peur ne peut donc jamais être vaincue grâce à une quelconque forme de discipline ou de résistance. Et l'on ne peut pas non plus se libérer de la peur en allant à la recherche d'une réponse, ni grâce à une explication purement intellectuelle ou discursive.

Mais de quoi avons-nous peur, au juste ? Est-ce le fait qui nous fait peur, ou bien l'idée que nous avons de ce fait ? Je vous en prie, examinez ce point. Sommes-nous effrayés par la chose elle-même ou par l'idée que nous nous en faisons ? Prenez la mort, par exemple. Avons-nous peur de la mort en tant que fait, ou de l'idée de la mort ? Le fait est une chose, et l'idée qu'on en a en est une autre. Est-ce le mot mort qui me fait peur, ou le fait lui-même ? Parce que si j'ai peur du mot, de l'idée, alors jamais je ne peux comprendre le fait, jamais je ne le regarde, jamais je ne suis en contact direct avec lui. Ce n'est que lorsque je suis en communion totale avec le fait que la peur cesse. Mais si je ne communie pas avec le fait, alors la peur est là, et cette communion n'a pas lieu tant que j'entretiens une opinion, une idée, une théorie à propos du fait. Je dois donc savoir très clairement si c'est du mot, de l'idée, que j'ai peur — ou bien du fait. Si je suis devant le fait, face à face, il n'y a rien à comprendre : le fait est là, et je peux l'affronter. Mais si j'ai peur du mot, alors il faut que je le comprenne, et que j'examine tout le processus que recouvre ce mot.

Par exemple, on a peur de la solitude, peur de la douleur, de la souffrance de la solitude. Il va de soi que si la peur existe, c'est parce qu'on n'a jamais regardé de près la solitude, on n'a jamais été en communion totale avec elle. Dès qu'on est totalement ouvert à la solitude en tant que fait, on peut comprendre ce qu'elle est ; mais la conception, l'idée, l'opinion que nous en avons est fondée sur une connaissance préalable, et c'est cette idée, cette conception, cette connaissance préalable que l'on a du fait, qui engendre la peur. La peur est, à l'évidence, le corollaire de la dénomination, de la projection d'un symbole représentant le fait ; autrement dit, la peur est indissociable du mot.

Si l'on prend l'exemple de la solitude, j'ai face à elle une réaction, qui consiste à dire que j'ai peur de n'être rien. Ai-je peur du fait lui-même, ou cette peur s'éveille-t-elle en raison de ce que je sais déjà à propos du fait, cette connaissance n'étant autre que le mot, le symbole, l'image ? Comment pourrait-on avoir peur d'un fait ? Lorsque je suis confronté à un fait, face à face, en communion immédiate avec lui, je peux le regarder, l'observer, la peur est donc absente. Ce qui provoque la peur, c'est mon appréhension concernant le fait, sa nature possible, son effet éventuel.

C'est donc mon opinion, mon idée, mon expérience, ma connaissance à propos du fait qui font naître la peur. Tant que le fait sera mis en mots — qu'il sera l'objet d'une dénomination, et donc d'une identification ou d'une condamnation —, tant que la pensée jugera le fait, et ce, en qualité d'observateur, la peur est inéluctable. La pensée est le produit du passé ; elle ne peut exister qu'à travers la verbalisation, les symboles, les images ; et tant que la pensée médite sur le fait ou qu'elle l'interprète, la peur est forcément présente.

Ce qui suscite la peur, c'est donc l'esprit, c'est-à-dire le processus de la pensée. La pensée, c'est la verbalisation. Sans mots, sans symboles, sans images, il est impossible de penser. Ces images, qui ne sont autres que nos préjugés, nos connaissances acquises, l'appréhension qu'a notre esprit, sont projetées sur le fait, et c'est de là que naît la peur. On ne peut être libéré de la peur que lorsque l'esprit est capable de regarder le fait sans l'interpréter, sans lui donner un nom, une étiquette. C'est assez difficile, car les sentiments, les réactions, les angoisses que nous avons, sont promptement identifiés par l'esprit, et étiquetés. C'est le mot « jalousie » qui permet que ce sentiment soit identifié. Est-il possible, alors, de ne pas identifier un sentiment, de le regarder sans le nommer ? C'est le fait de nommer le sentiment qui lui donne une continuité, qui lui donne sa force. Dès que vous nommez cette chose qu'on appelle la peur, vous la renforcez, mais si vous pouvez considérer cette émotion sans la désigner par un nom, vous la verrez se dissiper. C'est pourquoi, si l'on veut se libérer totalement de la peur, il est capital de comprendre tout ce processus de dénomination, de projection de symboles et d'images, d'étiquetage des faits. Autrement dit, on ne peut se libérer de la peur que lorsqu'on se connaît soi-même. La connaissance de soi est le commencement de la sagesse, c'est-à-dire la fin de toute peur.

I. : Comment faire pour me débarrasser définitivement du désir sexuel ?

K. : Pourquoi vouloir se débarrasser définitivement d'un désir ? Ce que vous appelez désir sexuel, un autre l'appellera attachement, peur, etc. Pourquoi au juste voulons-nous nous débarrasser de manière définitive d'un désir donné ? Parce que ce désir particulier nous dérange, et nous n'avons pas envie d'être perturbés. Ainsi va tout notre processus de pensée, n'est-ce pas ? Nous voulons être à l'abri de tout dérangement, dans le cocon du repli sur soi. Autrement dit, nous voudrions être isolés, mais rien ne vit dans l'isolement. Dans sa quête de Dieu, l'individu soi-disant religieux cherche en réalité l'isolement total, dans lequel rien ne viendra le déranger, et pourtant il n'est pas véritablement religieux. Les êtres authentiquement religieux sont ceux qui comprennent la relation de manière pleine et entière, et sont par conséquent sans problème, sans conflit. Non qu'ils soient pour autant à l'abri des perturbations, mais parce qu'ils ne sont pas en quête de certitudes, ils comprennent ce qui est cause de perturbation : il n'y a donc chez eux aucun processus de repli sur soi suscité par le désir de sécurité.

Cette question requiert donc un formidable déploiement de compréhension, car on touche ici à la sensation, c'est-à-dire à la pensée. La sexualité est devenue un problème excessivement important pour la plupart des gens. Et comme ils sont incapables de créativité, tenaillés par la peur, repliés sur eux-mêmes, et que les ponts sont donc coupés dans toutes les autres directions, il ne leur reste pour seul recours que le sexe — unique activité dans laquelle l'ego est momentanément absent. Dans ce bref moment d'oubli, où l'ego, le « moi » avec son cortège de problèmes, de confusion et de soucis, est absent, il est un immense bonheur. L'oubli de soi apporte un sentiment de calme, de soulagement, et parce que nous ne sommes pas créatifs sur le plan religieux, économique ou autre, le sexe devient un problème immense, qui envahit tout. Dans notre vie quotidienne, nous ne sommes que des disques rayés, répétant des phrases qu'on nous a apprises ; sur le plan religieux, nous sommes des automates, qui suivent le prêtre de façon mécanique. Sur le plan économique et social, nous sommes ligotés, étranglés par les influences liées à tout notre environnement. Y a-t-il pour nous le moindre soulagement en vue, le moindre répit ? Bien sûr que non. Et lorsqu'il n'existe aucun soulagement, la frustration s'installe inévitablement. Voilà pourquoi l'acte sexuel — et le soulagement qu'il procure — est devenu un problème d'importance vitale pour un si grand nombre d'entre nous. Et la société nous y pousse, nous y incite, par le biais de la publicité, des magazines, du cinéma, et tout ce qui s'ensuit.

Tant que l'esprit, qui est le résultat, le point de focalisation des sensations, considérera le sexe comme une voie vers sa libération, la sexualité fera forcément problème, et ce problème persistera aussi longtemps que nous resterons incapables de faire preuve d'une créativité qui soit totale, complète, et non pas spécifiquement orientée dans une seule et unique voie. La créativité n'a rien à voir avec la sensation. La sexualité dépend de l'esprit, or la création, elle, n'est pas liée à l'esprit. La création n'est jamais un produit de l'esprit et, en ce sens, la sexualité, qui est une sensation, ne peut jamais être créative. Elle peut, certes, « produire » des bébés mais cela n'est évidemment pas de la créativité. Tant que notre délivrance, notre libération dépendra d'une sensation, d'une stimulation, de quelque ordre que ce soit, il ne peut qu'y avoir frustration, car l'esprit perd toute capacité à réaliser ce qu'est la créativité.

Ce problème ne peut être résolu à l'aide d'aucune discipline, d'aucun tabou, ni par des injonctions ou sanctions sociales en tout genre. Il ne pourra se résoudre que lorsque nous comprendrons le processus total de l'esprit, car sexe et esprit ne font qu'un. C'est tout ce qui habite notre esprit — images, fantasmes, représentations — qui le stimule et l'oriente vers le sexe, et l'esprit étant le résultat de la sensation, il ne peut que s'orienter de plus en plus vers la sexualité. Un tel esprit ne peut jamais être créatif, car la création n'est pas la sensation. Ce n'est que lorsque l'esprit ne recherchera plus aucune forme de stimulus, ni intérieur ni extérieur, qu'il pourra être complètement silencieux, libre, et ce n'est que dans cette liberté-là qu'est la création. Nous avons fait de la sexualité quelque chose de laid, parce que c'est la seule sensation privée que nous ayons ; toutes les autres sensations sont publiques, s'étalent au grand jour. Mais tant que nous utiliserons la sensation, quelle qu'elle soit, à des fins de libération, cela ne fera qu'accroître les problèmes, la confusion et les ennuis, car ce n'est pas par la quête d'un résultat que peut passer la délivrance.

Notre interlocuteur veut éliminer définitivement

tout désir sexuel, parce qu'il s'imagine pouvoir jouir alors d'un état exempt de toute perturbation, et c'est la raison de sa quête, de ses efforts en ce sens. Or les efforts mêmes qu'il fait pour accéder à cet état l'empêchent d'être libre de comprendre le processus d'élaboration de la pensée. Tant qu'il est uniquement en quête d'un état permanent dans lequel rien ne viendrait le perturber, notre esprit est fermé, et de ce fait ne peut en aucun cas être créatif. Ce n'est que lorsqu'il est libéré de sa soif de devenir, du désir d'accéder à un résultat, que l'esprit peut connaître la tranquillité absolue. Ce n'est qu'alors que devient possible cette créativité qui est l'ultime réalité.

I. : Je ne suis pas aimé, et je voudrais l'être, car sans cela la vie n'a pas de sens. Comment faire pour répondre à cette nécessité profonde ?

K. : J'espère que vous ne faites pas qu'écouter des mots, car ceux-ci ne seront alors qu'une autre forme de distraction, une perte de temps. Mais si vous faites l'expérience authentique des choses dont nous discutons ici, alors les mots auront une portée extraordinaire ; car, même si vous suivez les mots à un niveau conscient, votre inconscient participera, lui aussi, si vous vivez vraiment en tant qu'expérience ce qui se dit en ce moment même. Pour peu qu'on lui en donne l'occasion, l'inconscient révèle alors tout son contenu, nous permettant ainsi une compréhension globale de ce que nous sommes. J'espère donc que vous ne faites pas qu'écouter de simples propos, mais que vous êtes véritablement le lieu d'une expérience vécue, au fil du chemin que nous suivons ici.

Notre interlocuteur veut savoir comment aimer et être aimé. Cet état d'esprit, ne le partageons-nous pas tous, ou presque ? Nous avons tous envie d'être aimés, et aussi de donner de l'amour. Nous en parlons énormément. Toutes les religions, tous les prédicateurs en parlent. Essayons donc de découvrir ce qu'évoque pour nous l'amour.

L'amour, est-ce une sensation ? Est-ce une chose ayant un lien avec l'esprit, la pensée ? Peut-on penser l'amour ? Certes, on peut penser à l'objet de son amour, mais l'amour lui-même est inconcevable par la pensée, n'est-ce pas ? Je peux penser à l'être aimé ; je peux en avoir une image, une représentation visuelle, et me rappeler les sensations, les souvenirs liés à notre relation. Mais l'amour est-il une sensation, un souvenir ? Quand je dis : « Je veux aimer et être aimé », n'est-ce pas là une simple pensée, un reflet de l'esprit ? La pensée est-elle l'amour ? N'est-ce pas en fait ce que nous pensons ? Pour nous, l'amour est une sensation. C'est pourquoi nous gardons une image, des photos de ceux que nous aimons, c'est pourquoi nous pensons à eux, nous leur sommes attachés. Tout cela est un processus de pensée, n'est-ce pas ?

Or notre pensée est frustrée à plusieurs égards, et c'est ce qui lui fait dire : « L'amour m'apporte le bonheur, donc, cet amour, il me le faut. » Voilà pourquoi nous nous accrochons à l'être aimé, voilà pourquoi nous cherchons à le posséder, sur le plan psychologique aussi bien que physique. Nous créons des lois, afin de protéger cette propriété de ce que nous aimons, que ce soit une personne, un piano, un bien, ou une idée, une croyance, car la possession — malgré tout ce qu'elle entraîne de complications, de jalousie, de peur, de suspicion, d'angoisse — nous donne un sentiment de sécurité. Nous avons donc fait de l'amour une chose associée à l'esprit, et nous emplissons notre cœur de ces choses qui ne sont que d'ordre mental. Notre cœur étant vide, l'esprit dit : « Il me faut cet amour », et nous cherchons l'accomplissement à travers une femme, un mari. Nous cherchons à devenir quelqu'un ou quelque chose, grâce à l'amour. Autrement dit, l'amour devient un accessoire utile ; nous nous servons de l'amour comme moyen de parvenir à une fin.

Nous avons donc réduit l'amour aux dimensions d'un objet mental. Notre esprit devient l'instrument de l'amour, or l'esprit n'est autre que la sensation. La pensée est la réaction de la mémoire face à la sensation. Sans le symbole, le mot, l'image, il n'est point de mémoire, point de pensée. Nous connaissons cette sensation de prétendu amour, et nous nous y accrochons, puis, quand vient l'échec, nous cherchons à retrouver cette même sensation, exprimée sous d'autres formes. Donc, plus nous cultivons la sensation, plus nous cultivons un prétendu savoir — qui n'est autre que le souvenir —, et moins l'amour existe.

Tant que nous sommes à la poursuite de l'amour, le processus de repli sur soi est inéluctable. L'amour suppose une vulnérabilité, une communion, qui sont impossibles tant qu'a lieu ce processus de repli propre à la pensée. Le processus même de notre pensée, c'est la peur, et comment pourrait-il y avoir communion avec l'autre, alors que la peur est là, alors que nous utilisons la pensée pour renforcer encore l'effet de stimulation ? L'amour ne peut exister que lorsqu'on comprend l'esprit — notre système d'élaboration de la pensée — dans sa globalité. L'amour n'est pas du domaine de l'esprit, et notre pensée ne peut le concevoir. Lorsque vous dites : « J'ai besoin d'amour », vous en faites un objet de pensée, vous l'appelez de vos vœux, ce qui en fait une sensation, un moyen d'arriver à vos fins. L'objet de votre attente n'est donc pas l'amour, mais une stimulation, un moyen d'épanouissement personnel — que ce moyen soit une personne, un travail, ou une source d'excitation particulière, et ainsi de suite. Ce n'est assurément pas cela, l'amour. L'amour ne peut être qu'en l'absence de tout sentiment du moi, et l'on ne se libère de l'ego que par la connaissance de soi. La connaissance de soi est la clef de la compréhension, et lorsque le processus global de l'esprit sera complètement dévoilé et pleinement compris, vous saurez alors enfin ce qu'est l'amour. Et vous verrez alors que l'amour n'a rien à voir avec la sensation, qu'il n'est pas un moyen d'accomplissement, d'épanouissement. L'amour se suffit alors à lui-même, sans notion de résultat. L'amour est un état d'être, et dans cet état, le « moi », avec ses identifications, ses angoisses, et ses possessions, est absent. L'amour ne peut exister tant que persistent les activités conscientes ou inconscientes du « moi », de l'ego. Voilà pourquoi il est essentiel de comprendre ce processus de l'ego, ce centre de reconnaissance qu'est le « moi ».

Seattle, le 6 août 1950

Interlocuteur : Comment puis-je faire pour vaincre la solitude ?

Krishnamurti : Mais peut-on vaincre la solitude ? N'est-il pas vrai que tout ce qui fait l'objet d'une victoire doit être sans cesse reconquis ? Ce qu'on a compris, on peut en voir la fin, mais jamais on ne voit la fin de ce qu'on a vaincu. La bataille ne fait qu'entretenir et renforcer ce contre quoi l'on se bat.

Qu'est-ce donc que cette solitude que nous sommes si nombreux à ressentir ? Nous la connaissons, et nous la fuyons, n'est-ce pas ? Nous l'éludons en nous lançant dans toutes sortes d'activités. Nous sommes vides et seuls, et cela nous fait peur, nous essayons donc d'étouffer cette solitude par divers moyens — la méditation, la quête de Dieu, l'action sociale, la radio, l'alcool, que sais-je encore —, nous sommes prêts à tout plutôt que de lui faire face, de la côtoyer, de la comprendre. Que l'on fuie à travers l'idée de Dieu, ou à travers l'alcool, la fuite est identique. Tant que l'on cherche à fuir la solitude, il n'y a guère de différence entre la vénération de Dieu et le penchant pour la boisson. Certes, socialement, il peut y avoir une différence mais, psychologiquement, celui qui cherche à se fuir, à fuir son propre vide, et qui pour cela se tourne vers la quête de Dieu, est à mettre au même niveau que l'ivrogne.

L'essentiel n'est donc pas de vaincre la solitude, mais de la comprendre, et nous ne pouvons pas la comprendre si nous ne l'affrontons pas, si nous ne la regardons pas en face, si nous la fuyons sans cesse. Or toute notre vie est un long processus de fuite devant la solitude, ne croyez-vous pas ? Dans nos relations, nous nous servons des autres pour masquer notre solitude ; notre quête de connaissances, nos expériences accumulées, tout ce que nous faisons n'est que distraction et fuite face à ce vide. Or il est évidemment indispensable que cessent ces distractions et ces échappatoires. Pour pouvoir comprendre une chose, nous devons lui prêter toute notre attention. Et comment pourrions-nous être pleinement attentifs à la solitude si nous en avons peur, si nous la fuyons sans cesse dans les distractions ? Donc, lorsqu'on veut vraiment comprendre la solitude, que l'on est fermement décidé à l'étudier à fond, complètement, parce que nous voyons bien qu'il ne peut exister nulle créativité tant que nous ne comprenons pas cet état intérieur de carence qui est la cause fondamentale de la peur — lorsqu'on en est à ce point, alors toute forme de distraction cesse, n'est-ce pas ? Nombreux sont ceux qui ironisent sur la solitude et disent : « La solitude ? C'est bon pour les bourgeois, voilà tout ! Bon sang, trouvez-vous donc une occupation et oubliez-moi ça ! » Mais ce vide, nous n'arrivons ni à l'oublier, ni à l'écarter.

Donc, si l'on veut véritablement comprendre cette chose fondamentale que l'on appelle la solitude, il faut que cesse toute fuite ; mais ce n'est pas en s'immergeant dans les soucis que l'on cesse de fuir, pas plus qu'en courant après un résultat, ou en agissant sous l'impulsion du désir. Il faut bien voir que si l'on ne comprend pas la solitude, toute forme d'action n'est que pure distraction, fuite, processus de repli sur soi, et que cela ne fait que susciter un surcroît de conflits et de malheurs. Il est essentiel de voir ce fait, car ce n'est qu'alors que l'on peut faire face à la solitude.

Si nous approfondissons encore la question, se pose alors le problème de savoir si ce que nous appelons la solitude est une réalité concrète ou un simple mot. La solitude est-elle un fait réel, ou n'est-elle rien qu'un mot recouvrant une chose qui peut correspondre ou non à la conception que nous en avons ? La solitude ne serait-elle pas une pensée, le résultat de l'activité de notre pensée ? Disons que la pensée est une mise en mots fondée sur la mémoire ; n'est-ce pas sur la base de cette verbalisation, de cette pensée, de cette mémoire, que nous considérons cet état que nous décrivons comme « sensation d'être seul » ? Le fait même de nommer cet état pourrait bien être la cause de la peur qui nous empêche de l'examiner de plus près ; et si nous nous abstenons de lui donner un nom — fabriqué par l'esprit — cet état est-il alors celui de solitude ?

Il y a de toute évidence une différence entre se sentir seul et être seul. Le sentiment de solitude est le degré ultime du processus de repli sur soi, d'isolement. Plus vous êtes conscient de vous-même, plus vous êtes isolé, et la conscience de soi n'est autre que le processus d'isolement. Mais l'état de solitude, lui, n'est pas l'isolement. Cet état de solitude n'existe que lorsque le sentiment de solitude a disparu. L'état de solitude est un état dans lequel cesse de s'exercer toute espèce d'influence — qu'elle émane de l'extérieur ou de la mémoire. Et ce n'est que lorsque l'esprit est dans cet état de solitude qu'il peut faire la connaissance de l'incorruptible. Mais pour en arriver là, il nous faut comprendre le sentiment de solitude, ce processus d'isolement, qui n'est autre que l'ego et son activité. Ainsi, la compréhension de l'ego marque le début de l'arrêt de notre isolement — donc de la solitude.

Madras, le 3 février 1952

Interlocuteur : Comment l'homme peut-il se réaliser s'il n'a pas d'idéaux ?

Krishnamurti : Bien que nous soyons pour la plupart en quête de réalisation, une telle chose existe-t-elle vraiment ? Nous savons bien que nous cherchons à nous réaliser — à travers la famille, le fils, le frère, l'épouse, la propriété, ou à travers l'identification, la poursuite d'un idéal, ou le désir d'une continuité du « moi ». Cette réalisation revêt diverses formes à différents niveaux de notre conscience.

Mais cette réalisation a-t-elle une existence réelle ? Et cette chose qui se réalise, quelle est-elle ? Quelle est cette entité qui voudrait être, par et dans une certaine identification ? A quels moments cette réalisation occupe-t-elle vos pensées ? Quand êtes-vous à sa recherche ?

Si vous prenez les propos que nous tenons ici simplement au niveau verbal, alors mieux vaut partir, car vous perdez votre temps. Mais si vous voulez approfondir les choses, alors persévérez, soyez vigilants, attentifs, car ce qu'il nous faut, c'est l'intelligence et non une terne répétition de phrases, de mots et d'exemples dont nous sommes saturés. Ce qu'il nous faut, c'est un état créatif, une création intelligente et intégrée ; ce qui signifie que vous devez entreprendre une recherche directe passant par la compréhension de vos processus mentaux. Il faut établir un lien direct entre mes propos et votre personne, et faire l'expérience vécue de ce que je dis. Or cette expérience ne peut en aucun cas passer par mes seuls mots. Vous ne pourrez la vivre que lorsque votre sérieux et votre détermination vous auront rendu capable d'observer vos propres pensées, vos propres sentiments.

Quand faut-il que le désir s'accomplisse ? Quand êtes-vous conscient de cette soif d'être, de devenir, de se réaliser ? Je vous invite à vous observer vous-même. Quand avez-vous conscience de ce désir ? N'est-ce pas lorsque vous le contrariez ? N'est-ce pas lorsque vous éprouvez ce formidable sentiment de solitude, ce sentiment de néant sans fond, cette impression de n'être rien ? Vous n'êtes conscient de cette soif de réalisation que lorsque vous éprouvez un sentiment de solitude, de vacuité. Et alors, vous entamez cette quête de réalisation qui passe par d'innombrables formes, par la sexualité, par votre relation à la propriété, aux arbres ainsi qu'à toute chose, à différents niveaux de conscience. Le désir d'être, de s'identifier, de se réaliser, n'existe que lorsqu'il y a conscience d'un « moi » perçu comme étant seul et vide. La soif de réalisation est une tentative d'échapper à ce que nous appelons la solitude. Le problème pour nous n'est donc pas de trouver les clés de la réalisation, ni de savoir en quoi elle consiste, car elle n'a pas d'existence réelle. Le « moi » ne peut en aucun cas se réaliser : il est toujours vide. Certes, vous pouvez éprouver certaines sensations lorsque vous atteignez un objectif, mais à peine ces sensations dissipées, vous retombez dans cet état de vide. Et vous entamez de nouveau le même processus que précédemment.

Le « moi » est donc l'auteur de ce vide. Le « moi » *est* ce vide ; le « moi » est ce processus d'enfermement dans lequel nous prenons conscience de cette extraordinaire solitude. Ainsi, ayant pris conscience de cela, nous nous efforçons de fuir à travers diverses formes d'identification. Et nous les baptisons du nom de réalisations. Mais en réalité, nulle réalisation n'a lieu, parce que le « moi », l'esprit, en est à tout jamais incapable ; la nature même du « moi » est le repli, l'enfermement.

Que peut donc faire un esprit ayant pris conscience de ce vide ? C'est bien là votre problème, n'est-ce pas ? Pour la plupart d'entre nous, la douleur associée à ce vide est extraordinairement aiguë. Nous sommes prêts à tout pour y échapper. N'importe quelle illusion fait l'affaire, et c'est justement là qu'est la source de l'illusion. L'esprit a le pouvoir de créer l'illusion. Et tant que nous n'aurons pas compris cette solitude, cet état de vide suscitant le repli, nous aurons beau faire, nous aurons beau prétendre à quelque espèce de réalisation que ce soit, il demeurera toujours cette barrière qui divise, qui ignore toute complétude.

La difficulté pour nous est donc d'avoir conscience de cette vacuité, de cette solitude. Nous ne sommes jamais face à face avec elle. Nous ne savons pas à quoi elle ressemble, quelles sont ses qualités, parce que nous sommes sans cesse en position de fuite, de recul, d'isolement, d'identification. Jamais nous ne sommes en face à face direct, en communion avec elle. Nous sommes à la fois l'observateur et la chose observée. Autrement dit, l'esprit, le « je », observe cette vacuité, et le « je », le penseur, entreprend alors de se libérer de cette vacuité, ou de fuir.

Cette vacuité, cette solitude — est-elle donc distincte de l'observateur ? L'observateur n'est-il pas lui-même vide ? Car si l'observateur n'était pas capable de reconnaître cet état qu'il appelle solitude, aucune expérience n'aurait lieu. Or il est vide : il ne peut pas agir sur le vide, il ne peut rien y faire. Car s'il agit d'une quelconque manière, il devient l'observateur agissant sur la chose observée, ce qui est une relation fausse.

Donc, lorsque l'esprit reconnaît, réalise, se rend compte qu'il est vide et qu'il ne peut rien y faire, alors cette vacuité dont nous avons conscience de l'extérieur a un autre sens. Jusqu'ici, nous l'avions abordée en tant qu'observateur. A présent, l'observateur lui-même est vide, seul, solitaire. Que peut-il y faire ? Evidemment rien. Sa relation par rapport à cette vacuité est alors tout autre que celle de l'observateur. Cette solitude est sienne. Il est dans cet état où les mots n'ont plus cours, pour dire : « Je suis vide. » Car dès qu'il verbalise la chose ou qu'il la regarde de l'extérieur, il s'en dissocie. Donc, lorsque cesse toute verbalisation, lorsque l'expérimentateur cesse d'exister comme lieu de l'expérience de la solitude, lorsqu'il cesse de fuir, alors il est entièrement seul. Sa relation en elle-même est la solitude ; il est lui-même cela, et lorsqu'il en a pleinement conscience, il va de soi que cette vacuité, cette solitude, cesse alors d'exister.

Le sentiment de solitude est tout à fait distinct de l'état de solitude. Il faut, pour pouvoir être seul, dépasser ce sentiment de solitude. La solitude telle qu'elle est et la solitude telle qu'on l'éprouve ne peuvent se comparer. Quiconque connaît le sentiment de solitude ne peut jamais connaître l'« absolument seul ». Etes-vous dans cet état de solitude ? Nos esprits ne sont pas suffisamment intégrés pour être seuls. Le mécanisme même de l'esprit est facteur de division. Et tout ce qui divise connaît ce sentiment de solitude.

Mais vécue comme un fait, la solitude ne divise pas. C'est une chose qui ne relève pas du multiple, qui n'en subit pas l'influence, qui n'en est pas le résultat, qui n'est pas façonnée sur le modèle de l'esprit ; l'esprit, lui, est de l'ordre de la multiplicité. L'esprit n'est pas une entité intrinsèquement seule, puisqu'il a été façonné, structuré, fabriqué au fil des siècles. L'esprit ne peut jamais être réellement seul. Il ne peut jamais connaître l'état de solitude absolue. Mais si, alors même que vous êtes noyé dans la solitude, vous prenez conscience de celle-ci, c'est alors que naît cet état de solitude. Et alors seulement peut être l'incommensurable.

Malheureusement, la plupart d'entre nous sont en

quête de dépendance. Nous voulons des compagnons, des amis, nous voulons vivre en état de séparation, en état de conflit. Or ce qui est suprêmement seul ne peut jamais être en état de conflit. Mais jamais l'esprit n'arrive à percevoir cela, à comprendre cela ; il ne peut connaître que le sentiment de solitude.

Interlocuteur : Vous avez dit que la vérité ne pouvait advenir que lorsqu'on est seul et qu'on est capable d'aimer la souffrance. Ce n'est pas clair. Pouvez-vous expliquer ce que cela signifie ?

K. : Nous sommes, en grande majorité, étrangers à toute communion avec les choses. Nous ne sommes pas en communion directe avec nos amis, notre femme, nos enfants. Nous ne communions pas de façon directe avec quoi que ce soit. Il y a toujours des barrières — mentales, imaginaires, et effectives. Et cet état de séparation est, de toute évidence, la cause de la souffrance. Ne dites pas : « Oui, nous avons déjà lu cela, ces mots nous sont familiers. » Si vous êtes capable de faire l'expérience directe de cette situation, vous verrez qu'il ne peut être mis fin à la souffrance par l'intermédiaire d'aucun processus mental. On peut vouloir faire taire la souffrance à grand renfort d'explications, peut-être même réussir à l'étouffer, mais elle est toujours là.

Donc, pour comprendre la souffrance, il va de soi qu'il faut l'aimer. C'est-à-dire être en communion directe avec elle. Si vous voulez comprendre totalement une chose — que ce soit votre mari, votre femme, ou n'importe quelle relation —, vous devez en être proche. Vous devez l'aborder sans objection, sans préjugé, sans condamnation ni répulsion : vous devez la regarder. Si je veux vous comprendre, je ne dois avoir aucun préjugé à votre égard. Je dois être capable de vous considérer en faisant abstraction des barrières, des écrans que constituent mes préjugés et mes conditionnements. Je dois être en communion avec vous, autrement dit, je dois vous aimer. De même, si je veux comprendre la souffrance, je dois l'aimer, communier avec elle. Or cela m'est impossible, car je ne cesse de la fuir par le biais d'explications, de théories, d'espoirs, de remises à plus tard — toutes choses qui relèvent d'un processus de verbalisation. Ce sont donc les mots — des mots qui veulent expliquer, rationaliser, mais qui ne sont que des mots, des processus mentaux — qui m'empêchent d'être en communion directe avec la souffrance. Or ce n'est que lorsque je suis en communion directe avec la souffrance que je la comprends.

Se pose alors la question suivante : moi, l'observateur de la souffrance, suis-je différent, distinct d'elle ? Je l'ai placée en position extérieure afin de pouvoir agir sur elle, de pouvoir l'éviter, la maîtriser, ou la fuir. Mais suis-je distinct de ce que je nomme souffrance ? Non, bien entendu. Je suis donc la souffrance — il n'y a pas d'une part la souffrance, et de l'autre moi qui en serais distinct : je suis la souffrance. Alors seulement existe une possibilité de voir cesser la souffrance.

Tant que je suis l'observateur de la souffrance, elle ne connaît jamais de fin. Or c'est lorsqu'on réalise que la souffrance n'est autre que le « moi », que l'observateur lui-même est la souffrance, c'est lorsque l'esprit réalise qu'il est lui-même la souffrance — non pas lorsqu'il observe ou ressent la souffrance, mais lorsqu'il se rend compte qu'il est lui-même à la fois la cause et le lieu de perception de la souffrance — que celle-ci prend fin. C'est une expérience qu'il est extrêmement difficile de connaître, de saisir, car voilà des siècles que nous scindons cette chose en deux. Cette expérience requiert non pas une pensée pétrie de traditions, mais une capacité de perception, une attention, une intelligence des plus vives. Cet état intelligent, intégré, intégral, c'est cela, l'état de solitude. Lorsque l'observateur et l'observé ne font plus qu'un, alors il est un état d'intégrité suprême. Et dans cette solitude, dans cet état de solitude et de plénitude absolues, où l'esprit ne cherche rien, ne tend vers rien, ne court pas vers la récompense, n'élude pas le châtiment, lorsque l'esprit est vraiment immobile et silencieux, alors seulement vient au jour cette chose que l'esprit ne saurait mesurer.

La solitude : extrait de Commentaires sur la vie, *tome I*

Son fils était mort depuis peu, et elle disait ne plus savoir que faire maintenant. Le temps, désormais trop long, l'ennui, la lassitude, le chagrin lui pesaient à tel point qu'elle avait envie de mourir. Elle avait élevé son fils avec tant de soin, d'amour, d'intelligence, elle l'avait envoyé dans l'une des meilleures écoles, puis au collège. Elle ne l'avait pas gâté, mais jamais il n'avait manqué de rien. Elle avait placé en lui toute sa foi, tous ses espoirs, et avait reporté sur lui tout son amour, car elle n'avait plus personne avec qui le partager, étant de longue date séparée de son mari. En raison d'une erreur de diagnostic, son fils était mort des suites d'une opération, bien que, ajoutait-elle en souriant, les médecins aient déclaré que l'opération « avait réussi ». A présent elle se retrouvait seule, et la vie lui semblait si vaine et dénuée de sens. A la mort de son fils, elle avait pleuré, jusqu'à ce que, à bout de larmes, il n'y eût plus en elle que vide et morne lassitude. Elle avait fait tant de projets pour elle et son fils, mais maintenant, elle se sentait complètement désemparée.

Une petite brise fraîche soufflait de la mer, et sous l'arbre tout était calme. Les montagnes avaient pris des teintes éclatantes, et les geais bleus jacassaient à qui mieux mieux. Une vache flânait, suivie de son veau, et un écureuil escalada vivement un tronc d'arbre, avec de petits cris rageurs. Il s'installa sur une branche et, pour bien signifier une mauvaise humeur manifeste, se mit à agiter sa queue en des mouvements saccadés. Il avait les yeux vifs et luisants et de petites griffes acérées. Un lézard sortit pour se chauffer, et attrapa une mouche. La cime des arbres se balançait doucement et un arbre mort, que le soleil blanchissait peu à peu, dressait sur le ciel sa silhouette droite et magnifique. A ses côtés était un autre arbre, noir et tors, mort depuis moins longtemps. Quelques nuages étaient posés là-bas sur le sommet lointain des montagnes.

Quelle chose étrange que la solitude, et comme elle est effrayante ! Nous n'osons jamais l'approcher de trop près ; et si par hasard cela nous arrive, nous la fuyons très vite. Nous sommes prêts à tout pour échapper à la solitude, pour l'étouffer. Nous avons, semble-t-il, pour préoccupation majeure — consciente et inconsciente — de l'éviter ou de la vaincre. Mais il est également vain de vouloir éviter ou vaincre la solitude ; nous avons beau museler la douleur, ignorer le problème — il n'en demeure pas moins. Vous pouvez vous perdre dans la foule, et vous sentir pourtant infiniment seul. Vous pouvez avoir une activité intense, mais la solitude s'insinue en vous à bas bruit ; reposez le livre — elle est là. Ni les distractions ni les boissons ne parviennent à noyer la solitude : vous pouvez momentanément vous en évader, mais quand les rires s'éteignent et que les effets de l'alcool se dissipent, la peur de la solitude revient. Vous pouvez être ambitieux et réussir, vous pouvez avoir sur les autres un immense pouvoir, vous pouvez être pétri de connaissances, vous pouvez donner dans la vénération, et vous perdre dans le galimatias des rituels ; mais vous aurez beau faire, la torture de la solitude continuera. Vous pouvez ne vivre que pour votre fils, pour le Maître, ou pour l'expression de votre talent ; la solitude, pourtant, vous enveloppe comme une nuit profonde. Aimez, haïssez ou fuyez-la selon votre tempérament et vos besoins psychologiques, peu importe : la solitude est là, qui attend et qui guette, et qui ne s'éloigne que pour mieux se rapprocher.

La solitude est la conscience d'un isolement complet ; or nos activités n'incitent-elles pas à un repli sur soi ? Bien que nos pensées et nos émotions soient expansives, ne sont-elles pas exclusives et sources de division ? Ne cherchons-nous pas à dominer, dans le domaine de nos relations, de nos droits et de nos biens, créant par là une résistance ? Ne considérons-nous pas toute œuvre comme étant « vôtre » ou « mienne » ? Ne nous identifions-nous pas à telle collectivité, tel pays, telle minorité ? N'avons-nous pas nettement tendance à nous isoler, à diviser et séparer ? L'activité même du moi, à quelque niveau que ce soit, tend vers l'isolement ; et la solitude est la conscience du moi lorsqu'il est inactif. L'activité, qu'elle soit physique ou psychologique, devient un moyen d'expansion du moi ; et c'est en l'absence de toute activité qu'il y a la conscience d'un vide du moi. C'est ce vide que nous cherchons à combler, et nous passons toute notre vie à essayer de le combler, que ce soit à un niveau noble ou vil. Lorsque c'est à un niveau noble, la société, apparemment, n'a pas l'air d'en souffrir ; mais l'illusion engendre une souffrance, une destruction inexprimées, qui peuvent ne pas être immédiates. Le désir ardent de combler ce vide — ou de lui échapper, ce qui revient au même — ne peut être ni sublimé ni supprimé ; car quelle est l'entité qui pourrait supprimer ou sublimer ? Cette entité même n'est-elle pas une autre forme du désir ? Les objets du désir peuvent varier, mais tous les désirs ne sont-ils pas semblables ? Vous pouvez changer l'objet de votre désir — le désir de boire faisant place au désir d'idéal — mais s'il n'y a pas compréhension du processus du désir, l'illusion est inévitable.

Il n'y a pas d'entité distincte du désir : il n'y a que le désir ; il n'y a pas de sujet désirant. Le désir prend des masques différents selon le moment, selon ses intérêts. Le souvenir de ces intérêts changeants se heurte à l'inédit, ce qui provoque le conflit, et c'est ainsi que naît celui qui choisit, qui se fonde en entité séparée et distincte du désir. Pourtant, l'entité n'est pas différente de ses qualités. L'entité qui essaie de combler ou de fuir le vide, l'incomplétude, la solitude, n'est en rien différente de ce qu'elle cherche à éviter ; elle *est* ce vide. Elle ne peut pas se fuir elle-même ; tout ce qu'elle peut faire, c'est se comprendre. Elle est sa propre solitude, sa propre vacuité, et tant qu'elle la considérera comme une chose distincte d'elle-même, elle sera dans l'illusion et les conflits sans fin. Lorsque cette entité fera l'expérience directe de ce fait — qu'elle est sa propre solitude —, alors seulement pourra-t-on être affranchi de la peur. La peur n'existe que par rapport à une idée, et l'idée est la réponse de la mémoire sous forme de pensée. La pensée est le résultat de l'expérience, et bien qu'elle puisse méditer sur le vide, avoir des sensations concernant ce vide, elle ne peut pas en avoir une connaissance directe. Le mot « solitude », avec les souvenirs de douleur et de crainte qu'il évoque, empêche l'expérience d'avoir lieu dans toute sa fraîcheur, sa nouveauté première. Le mot est souvenir, et quand le mot n'a plus d'importance, alors la relation entre le sujet et l'objet de l'expérience est entièrement différente ; alors cette relation est directe, et ne passe plus par un mot, par un souvenir ; alors celui qui fait l'expérience *est* l'expérience — et cela seul libère de la peur.

L'amour et la solitude ne peuvent cohabiter : lorsqu'il y a ce sentiment de solitude, l'amour n'est point. Vous pouvez cacher le vide sous le mot solitude, mais lorsque l'objet de votre amour n'est plus là ou ne répond plus, alors vous avez conscience du vide, vous êtes frustré. Nous utilisons le mot amour comme un moyen d'échapper à nous-mêmes, à notre propre insuffisance. Nous nous accrochons à l'être aimé, nous sommes jaloux, dès qu'il n'est pas là il nous manque, et sa mort nous plonge dans la détresse la plus totale. Alors, nous cherchons des consolations, sous d'autres formes, dans des croyances, dans des objets de substitution. Tout cela, est-ce l'amour ? L'amour n'est pas une idée, le résultat d'une association ; l'amour n'est pas une chose que l'on peut utiliser pour échapper à notre misère, et lorsque nous en faisons un tel usage, nous créons des problèmes qui sont sans solution. L'amour n'est pas une abstraction, mais on ne peut éprouver sa réalité que lorsque l'idée, l'esprit, n'est plus le facteur essentiel.

Entretien avec le Pr Maurice Wilkins[1], Brockwood Park, le 12 février 1982

Maurice Wilkins : La pensée, me semble-t-il, a sa part dans toute relation créative, mais elle n'en est qu'une des composantes.

Krishnamurti : Oui, mais la pensée est-elle l'amour ?

M. W. : Non, effectivement. Mais je me demande tout de même un peu si la pensée n'intervient pas d'une manière ou d'une autre dans l'amour.

K. : Non. Ma question, c'est de savoir si l'amour est la pensée.

M. W. : Non, certainement pas.

K. : Est-il donc possible d'aimer quelqu'un en dehors de toute pensée ? Aimer quelqu'un signifie

1. De l'université de Londres, prix Nobel de biologie. (*N.d.T.*)

que la pensée soit absente ; et cela suscite une tout autre relation, une action d'un tout autre ordre.

M. W. : Je crois effectivement que la pensée peut tenir une grande place dans une relation empreinte d'amour, mais elle n'est cependant pas l'essentiel.

K. : Non, lorsque l'amour est là, la pensée peut être utilisée, mais pas l'inverse.

M. W. : Pas l'inverse, effectivement. Le problème, c'est qu'en général c'est l'inverse qui se produit. Nous sommes comme des ordinateurs qui seraient commandés par leurs propres programmes. J'essaye depuis quelques instants de transposer ce que vous dites, concernant la disparition de la pensée en situation de relation, et je me demandais quel type de relation on a, sans la pensée.

K. : Il vous suffit de constater ce qui se passe quand la pensée est absente. J'ai une relation avec mon frère ou ma femme, et cette relation n'est pas fondée sur la pensée, mais essentiellement, fondamentalement, sur l'amour. Pourquoi devrais-je donc faire intervenir la pensée dans cet amour, dans cet étrange sentiment ? L'amour englobe toute chose ; mais lorsque la pensée s'infiltre dans l'amour, elle introduit une division, et détruit la qualité, la beauté de cet amour.

M. W. : Mais l'amour englobe-t-il vraiment tout ? N'est-il pas plutôt une chose qui se diffuse de toutes parts, plutôt qu'un élément englobant — car assurément l'amour ne peut pas s'exprimer de manière adéquate sans la pensée ?

K. : Il est englobant en ce sens qu'il forme un tout intégral. Je veux dire que l'amour n'est pas le contraire de la haine.

M. W. : Non, effectivement.

K. : Et il échappe donc à tout sentiment de dualité.

M. W. : Je suppose que l'amour est plutôt une qualité de la relation, et une qualité d'être imprégnant la relation.

K. : Oui. Lorsque la pensée intervient, alors tout ce que l'autre a fait — ou tout ce que j'ai fait — me revient en mémoire ; tous les problèmes, toutes les angoisses entrent sournoisement en jeu. L'une de nos grandes difficultés, c'est que nous n'avons jamais réellement compris ou éprouvé cet amour qui n'est ni la possessivité, ni l'attachement, ni la jalousie, ni rien de tout cela.

M. W. : L'amour n'est-il pas essentiellement la conscience que l'on a de l'unité ?

K. : Disons plutôt que l'amour est étranger à toute conscience : il est l'amour. Ce qui ne signifie pas que l'amour ait conscience du fait que nous ne sommes tous qu'un. C'est comme un parfum. On ne peut pas disséquer le parfum, ni l'analyser. C'est un parfum merveilleux, mais dès qu'on l'analyse, il se dissipe.

M. W. : Oui, mais si vous dites que c'est un parfum, alors c'est en quelque sorte assimilable à une qualité. Mais, dans ce cas, la qualité est associée à ce sens de l'unité, n'est-ce pas ?

K. : Mais vous lui attribuez un sens.

M. W. : Je fais le tour de tous les arguments ! Je n'essaie pas de figer la réponse. Mais peut-il y avoir amour s'il n'y a pas conscience de cette unité ?

K. : L'amour, c'est beaucoup plus que cela.

M. W. : Beaucoup plus, certes. Mais peut-il exister si la perception de cette unité est absente ?

K. : Attendez un instant ! Puis-je être catholique, et en même temps dire que j'aime, que j'ai de la compassion ? L'amour, la compassion sont-ils compatibles avec cette croyance, cette idée profondément ancrée, ce préjugé tenace ? L'amour n'existe qu'avec la liberté. Pas la liberté de faire ce qui me plaît — cela, ce sont des fadaises ; la liberté de choix, et ainsi de suite, n'a aucune valeur dans le contexte qui nous occupe — mais, pour aimer, la liberté totale est indispensable.

M. W. : Oui, mais le catholique en question pourrait avoir en lui beaucoup d'amour, mais dans certaines situations, cet amour a des limites.

K. : Oui, bien sûr.

M. W. : Mais c'est comme la question de savoir si un œuf pourri pourrait n'être pourri que partiellement ! Cette notion d'unité fait partie intégrante de toute la question, n'est-ce pas ?

K. : Si on a l'amour, il y a unité.

M. W. : Oui, bien sûr, inévitablement. Je suis d'accord avec vous pour dire que le fait de percevoir cette unité ne va pas pour autant susciter l'amour.

K. : En fait, voyez-vous, toutes les religions, et tous ceux qui ont l'esprit religieux ont toujours lié l'amour et la dévotion à un objet particulier, ou à une idée, un symbole particuliers : il ne s'agit pas là d'un amour sans restriction. Là est toute la question. L'amour peut-il exister lorsqu'il y a l'ego ? Bien sûr que non.

M. W. : Mais si vous dites que l'ego est une image fixe, dans ce cas l'amour ne peut concerner aucun objet fixe, car l'amour, lui, est sans limites.

K. : C'est exact.

M. W. : Mais il me semble que dans le cas d'une relation de dialogue et de mouvement entre deux esprits, d'où serait exclue toute notion de limite — et qui se situerait nécessairement hors du temps, car le temps poserait des limites —, quelque chose d'inédit peut surgir.

K. : Ah ! Mais deux esprits peuvent-ils jamais entrer en contact ? Ou sont-ils comme deux rails parallèles qui ne se rejoignent jamais ? Nos relations mutuelles, en tant qu'êtres humains, entre mari et femme, et ainsi de suite, sont-elles toujours parallèles, chacun suivant sa propre ligne, et ne rencontrant jamais l'autre de manière authentique — au sens où il y aurait amour réel et réciproque, voire un amour qui soit sans objet ?

M. W. : Effectivement, en pratique, il y a toujours un certain degré de séparation.

K. : Oui. C'est exactement ce que je dis.

M. W. : Mais si la relation peut avoir lieu à un autre niveau, alors il n'y a plus de lignes séparées dans l'espace.

K. : Bien sûr, mais il est pratiquement impossible d'accéder à cet autre niveau. Si je suis attaché à ma femme, je lui dis que je l'aime, et elle s'attache à moi. Est-ce cela, l'amour ? Je la possède, elle me possède, ou elle aime être possédée, et ainsi de suite — bref, toutes les complications de la relation. Mais je lui dis, ou elle me dit : « Je t'aime », et cela semble nous satisfaire. Je mets en doute que cela ait le moindre rapport avec l'amour.

M. W. : En tout cas, cela réconforte pour un temps.

K. : Mais l'amour est-il le réconfort ?

M. W. : Il reste limité, et quand l'un des deux partenaires meurt, l'autre est très malheureux.

K. : Oui, c'est la solitude, les larmes, la souffrance. Cette question mériterait discussion. J'ai connu dans le passé un homme pour qui l'argent était à l'égal de Dieu. De l'argent, il en avait énormément et, au moment de mourir, il voulut voir tout ce qu'il possédait. Ses possessions, c'était lui ; il était en train de mourir extérieurement à ses possessions, mais celles-ci n'étaient autres que lui. Et il avait peur, non pas de cet état où l'on affronte sa propre fin, mais peur de perdre tout cela. Comprenez-vous ? Peur de perdre tout cela, pas de se perdre lui-même pour découvrir quelque chose d'inédit.

M. W. : Pourrais-je juste poser une question à propos de la mort ? Que dire du mourant qui veut voir tous ceux qu'il a connus, tous ses amis, avant de mourir — est-ce là de l'attachement par rapport à ces relations ?

K. : Oui, c'est de l'attachement. Il va mourir, or la mort est plutôt solitaire, c'est un club très fermé, une action exclusive. Dans cet état je veux être en contact avec ma femme, mes enfants, mes petits-enfants, parce que je sais que je vais tous les perdre — je vais mourir, disparaître. C'est une chose terrifiante. L'autre jour, j'ai vu un homme qui était sur le point de mourir. Jamais, je vous l'assure, je n'ai été témoin d'une telle frayeur, d'une peur si absolue de la fin ultime. Il disait : « J'ai peur d'être séparé de ma famille, de l'argent que j'ai eu, des choses que j'ai faites. Voici ma famille. Je les aime, et je suis terrifié à l'idée de les perdre. »

M. W. : Mais je suppose que cet homme voulait peut-être voir tous ses amis et sa famille pour leur dire...

K. : « Adieu l'ami, et rendez-vous de l'autre côté ! » Ça, c'est une autre question.

M. W. : Sans doute.

K. : J'ai connu un homme qui déclara un jour à sa famille : « L'an prochain, en janvier, je mourrai — à telle date. » Et le jour dit, il invita tous ses amis et sa famille. Il dit : « Je vais mourir aujourd'hui », puis, ayant exprimé ses dernières volontés : « Laissez-moi à présent. » Tout le monde sortit, et il mourut !

M. W. : Eh bien oui, si ses relations avec toutes ces personnes avaient de l'importance pour lui et qu'il allait mourir, il voulait juste les voir une dernière fois, après quoi tout est terminé. « C'en est fini de moi, je meurs. » Il ne s'agissait pas d'attachement.

K. : Non, bien sûr que non. L'attachement cause une douleur, une angoisse ; il y a une certaine sensation de souffrance, de perte.

M. W. : Une insécurité, une peur, permanentes.

K. : L'insécurité en découle, et tout le reste. Et c'est cela que j'appelle l'amour ! Je dis que j'aime ma femme, et au fond de moi je vis les affres de l'attachement, mais je ne peux pas lâcher prise.

M. W. : Mais vous êtes tout de même bouleversé à l'idée que votre femme va être triste lorsque vous mourrez.

K. : Oh, oui, cela fait partie du jeu, cela fait partie de toute l'histoire. Elle s'en remet très vite et en épouse un autre, et elle poursuit le jeu.

M. W. : Oui, on pourrait l'espérer. Mais on pourrait aussi éprouver de l'inquiétude et de la peur face au chagrin des autres.

K. : Certes.

M. W. : On peut supposer que l'acceptation de notre propre mort soit susceptible d'amoindrir leur souffrance.

K. : Non. La souffrance est-elle liée à la peur ? J'ai peur de mourir ; j'ai peur de voir ma carrière s'achever ; toutes les choses que j'ai accumulées sur le plan matériel, physique et sur le plan intérieur parviennent à leur fin. La peur invente alors la réincarnation et toutes ces histoires. Puis-je réellement être affranchi de la peur de la mort ? Autrement dit : puis-je vivre avec la mort ? Non que je me suicide pour autant ; mais je vis avec la mort, je vibre à l'unisson de cette fin de toute chose, cette fin de mes attachements. Ma femme tolérerait-elle de m'entendre dire : « J'en ai fini de mon attachement pour toi » ? La souffrance serait atroce. Je remets en question tout le contenu de la conscience, élaboré là par la pensée. La pensée domine nos vies, et je me demande si la pensée pourrait se voir assigner sa juste place — mais rien de plus — et qu'elle n'intervienne nulle part ailleurs. Pourquoi la pensée devrait-elle intervenir dans ma relation avec mon ami, ma femme, ou ma petite amie ? Pourquoi devrais-je y penser ? Lorsque quelqu'un dit : « Je pense à vous », ça a l'air si bête.

M. W. : Mais on a souvent effectivement besoin de penser aux autres pour des raisons pratiques, bien sûr.

K. : Cela, c'est autre chose. Mais je dis ceci : « Là où il y a amour, pourquoi faut-il que la pensée existe ? » La pensée a un effet destructeur dans la relation. Elle signifie qu'on s'attache, qu'on possède, qu'on s'accroche l'un à l'autre afin de se rassurer, de se sentir en sécurité ; et tout cela n'est pas l'amour.

M. W. : Non, mais comme vous l'avez dit, l'amour peut faire un certain usage de la pensée, et il y a dans les relations ce qu'on appelle la délicatesse de pensée.

K. : Oui, mais c'est une autre affaire. Ecoutez : si je tiens à ma femme, ou à mon mari, ou à un meuble, c'est en fonction de cet attachement que j'aime, et les conséquences sont d'une nocivité incalculable. Puis-je aimer ma femme sans attachement ? C'est si merveilleux d'aimer sans exiger rien de l'autre.

M. W. : C'est une immense liberté.

K. : En effet. L'amour est donc la liberté.

M. W. : Mais vous avez l'air de suggérer que si l'amour existe entre un mari et sa femme, et si l'un des deux meurt, l'autre ne devrait pas souffrir. Je pense qu'il se peut que cela soit vrai.

K. : Je le crois, oui, c'est vrai.

M. W. : On transcenderait son chagrin, sa souffrance.

K. : La souffrance, c'est la pensée, la souffrance est une émotion, la souffrance est un choc, un sentiment de perte, le sentiment d'avoir perdu quelqu'un et de se retrouver soudain en plein désarroi, dans une solitude totale.

M. W. : Oui. Vous voulez dire un état de solitude contre nature, en quelque sorte.

K. : Donc, si je pouvais comprendre la nature de toute fin — si je savais mettre fin aux choses en permanence — mettre fin à mon ambition, à la souffrance, aux complexités du désir. Mettre fin à toute chose n'est autre que la mort. Il est indispensable de mourir chaque jour à tout ce qu'on a amassé psychologiquement.

M. W. : Et tout le monde s'accorde pour dire que la mort c'est la liberté.

K. : C'est la vraie liberté.

M. W. : Il n'y a pas la moindre difficulté à comprendre ce fait. Ce que vous voudriez, en fait, c'est transposer cette liberté ultime, la faire pénétrer au cœur même de toute notre vie.

K. : Oui, c'est cela. Sinon, nous sommes esclaves, esclaves du choix, esclaves de tout.

M. W. : Esclaves du temps, au lieu d'en être les maîtres.

K. : Esclaves du temps, oui en effet.

New York, le 24 avril 1971 : extrait de L'Eveil de l'intelligence

Nous devons observer nos relations mutuelles telles qu'elles sont maintenant, tous les jours ; et en observant *ce qui est*, nous découvrirons comment amener une modification dans cet état de fait. Donc nous décrivons ce qui est vraiment. Chacun vit dans son monde à lui, son monde d'ambition, d'avidité, de peur, de soif de réussite — avec tout ce que cela suppose. Si je suis marié, j'ai des responsabilités, des enfants ; je me rends au bureau ou ailleurs pour travailler ; puis mari et femme, garçon et fille, se rencontrent au lit. Et c'est ce que nous appelons l'amour : nous vivons des vies séparées, isolées, nous dressons autour de nous des murailles de résistance, nous poursuivons une activité égocentrique. Chacun recherche psychologiquement une sécurité ; chacun dépend de l'autre pour son confort, son plaisir, sa compagnie. Parce que chacun d'entre nous est profondément seul, chacun exige d'être aimé, chéri, chacun cherche à dominer l'autre. Vous pouvez en faire la constatation si vous vous observez vous-même.

Existe-t-il aucune relation authentique ? Il n'y en a aucune entre deux êtres humains ; ils ont beau avoir des enfants, vivre sous le même toit, en fait ils ne sont pas vraiment reliés l'un à l'autre. S'ils ont des projets communs, ces projets les soutiennent, les lient, mais ce n'est pas là une vraie relation.

Lorsqu'on prend conscience de tout cela, on s'aperçoit que s'il n'existe aucune relation entre deux êtres humains, la corruption commence à se manifester non pas dans la structure externe de la société, à travers le phénomène extérieur de la pollution, mais sous forme d'une pollution, d'une destruction intérieures. Les êtres humains n'établissent aucune relation digne de ce nom — c'est le cas pour vous. Vous avez beau tenir l'autre par la main, vous avez beau vous embrasser, dormir ensemble, en réalité, en y regardant de plus près, y a-t-il vraiment relation ? Avoir une vraie relation signifie ne pas dépendre l'un de l'autre, ne pas fuir votre solitude à travers un autre, ne pas tenter de trouver, grâce à l'autre, un réconfort, une compagnie. Quand, à travers l'autre, on cherche un réconfort, quand on est dépendant, avec tout ce que cela suppose, une quelconque relation est-elle possible ? N'est-ce pas en fait une exploitation réciproque ?

Nous ne sommes pas cyniques, mais simplement en train d'observer réellement ce qui est : ce n'est pas du cynisme. Pour découvrir ce que veut dire une vraie relation, il faut comprendre cette question de la solitude, car nous sommes, pour la plupart, terriblement seuls. Plus nous vieillissons, plus nous sommes seuls, et plus particulièrement dans ce pays-ci. Avez-vous remarqué comment sont les gens âgés ? Avez-vous remarqué leurs modes d'évasion, leurs distractions ? Ils ont travaillé toute leur vie, et ils cherchent à fuir à travers diverses formes de divertissements.

Face à tout cela, pouvons-nous découvrir une manière de vivre où nous n'exploiterions pas autrui — où, psychologiquement, émotionnellement, nous ne dépendrions pas d'autrui, où nous n'utiliserions pas l'autre comme un moyen de fuir nos propres tourments, nos propres désespoirs, notre propre solitude ?

Comprendre cela, c'est comprendre ce qu'être seul veut dire. Vous êtes-vous jamais senti seul ? N'avoir aucun lien avec un autre, être complètement isolé, savez-vous ce que cela signifie ? Vous pouvez être en famille, ou parmi la foule, ou encore au bureau, n'importe où, quand soudain s'abat sur vous un sentiment de solitude absolue, doublé de désespoir. Tant que vous n'aurez pas résolu ce problème complètement, vos liens de relation ne seront que des moyens d'évasion, conduisant de ce fait à la corruption, à la souffrance. Comment faire pour comprendre cette solitude, ce sentiment d'isolement total ? Pour cela, il faut observer notre propre vie. Chacun de vos actes n'est-il pas une activité égocentrique ? Certes on peut, à l'occasion, se montrer charitable, généreux, agir sans motif personnel — mais c'est rare. Ce n'est pas par la fuite que ce désespoir pourra être dissipé, mais uniquement par l'observation.

Nous voilà donc revenus à cette question, à savoir comment nous observer nous-même de telle sorte que cette observation soit dépourvue de tout conflit. Car le conflit est corruption, gaspillage d'énergie ; il est aussi cette lutte féroce qu'est notre existence, de l'heure de notre naissance jusqu'à l'heure de notre mort. Est-il possible de vivre sans un seul instant de conflit ? Pour ce faire, pour découvrir cela par nous-même, nous devons apprendre à observer tout le mouvement qui est le nôtre. L'observation véritable est celle d'où l'observateur est absent : il n'y a plus alors que la seule observation.

Quand il n'y a pas relation, peut-il y avoir amour ? Certes nous en parlons, et l'amour tel que nous le connaissons est lié à la sexualité et au plaisir, n'est-ce pas ? Certains d'entre vous disent : « Non. » Dès l'instant où l'on dit non, alors il faut qu'on soit sans ambition, hors de tout esprit de compétition, de toute division telle que « vous » et « moi », ou « nous » et « eux ». Il ne doit plus exister de division de nationalité, ni de ces divisions qu'entraînent la croyance, le savoir. Alors seulement pourrez-vous dire que vous aimez. Mais pour la plupart des gens, l'amour est lié au sexe et au plaisir, et à toutes les douleurs qui les accompagnent — jalousie, envie, antagonismes — vous savez bien ce qui se passe entre homme et femme. Quand cette relation-là n'est pas vraie, réelle, profonde, complètement harmonieuse, comment la paix pourrait-elle exister dans le monde ? Comment la guerre pourrait-elle prendre fin ?

La relation est donc l'une des choses les plus importantes — sinon la plus importante — de la vie. Cela veut dire qu'il nous faut comprendre ce qu'est l'amour. Et, assurément, l'amour vient à notre rencontre étrangement, sans qu'on le sollicite. Lorsque vous découvrez par vous-même ce que l'amour n'est pas, alors vous savez ce qu'il est. Pas de façon théorique ou discursive, mais en prenant conscience dans les faits de ce que l'amour n'est pas : n'ayez donc pas un esprit ambitieux, compétitif, un esprit qui ne cesse de lutter, de comparer, d'imiter. Un tel esprit est absolument incapable d'aimer.

Pouvez-vous donc, vivant dans ce monde, être totalement dénué d'ambition, vivre sans jamais vous comparer à un autre ? Car dès l'instant où vous comparez, s'installent aussitôt le conflit, l'envie, le désir de réussir, de surpasser l'autre.

Un esprit et un cœur qui gardent la mémoire des blessures, des insultes, de tout ce qui les a rendus insensibles et les a émoussés — un tel esprit, un tel cœur peuvent-ils savoir ce qu'est l'amour ? L'amour, est-ce le plaisir ? C'est pourtant bien le plaisir que nous recherchons, consciemment ou inconsciemment. Nos dieux sont l'écho direct de notre plaisir. Nos croyances, nos structures sociales, la morale en vigueur dans la société — laquelle est foncièrement immorale — sont le résultat de notre quête du plaisir. Et quand nous disons : « J'aime quelqu'un », s'agit-il d'amour ? Or aimer signifie : point de séparation, ni de domination, ni d'activité égocentrique. Pour découvrir ce qu'est l'amour, il faut rejeter tout cela, le rejeter au sens d'en voir la fausseté. Dès lors que l'on a vu pour fausse une chose jusqu'alors considérée comme vraie, naturelle, humaine — jamais plus on ne peut y retourner ; quand vous voyez un serpent venimeux, ou un animal dangereux, jamais vous ne jouez avec lui, jamais vous ne vous en approchez. De même, lorsque vous verrez véritablement que l'amour n'est rien de tout cela, que vous le percevrez, l'observerez et le remâcherez, que vous vivrez avec la chose, en vous y impliquant totalement, alors vous saurez ce qu'est l'amour, la compassion — c'est-à-dire une passion qui s'adresse à tous.

Nous sommes sans passion ; nous connaissons le désir, le plaisir. Le sens originel du mot passion est « souffrance ». Nous avons tous connu la souffrance sous une forme ou une autre : souffrance lorsqu'on perd quelqu'un, souffrance lorsqu'on s'apitoie sur soi-même, souffrance de l'espèce humaine, collective ou individuelle. Nous savons ce qu'est la souffrance, la mort d'un être que nous pensons avoir aimé. Si vous demeurez totalement avec elle, sans chercher en aucune façon à la rationaliser ou à la fuir, ni en parole ni en action, si vous demeurez avec elle complètement, sans le plus petit mouvement de la pensée, alors vous découvrirez que de cette souffrance jaillit la compassion. Cette compassion a la qualité même de l'amour — et l'amour ne connaît pas la souffrance.

*

Donc, pouvez-vous découvrir comment vivre, tout de suite, dès aujourd'hui, une vie où toute chose que vous avez commencée atteindrait sa fin définitive ? Pour ce faire, il faut mettre fin — pas dans la vie de bureau, bien sûr, mais intérieurement — à tout le savoir que vous avez engrangé, le savoir étant la somme de vos expériences, de vos souvenirs, de vos blessures, de cette façon de vivre si comparative, où vous vous mesurez sans cesse à quelqu'un d'autre. Il faut mettre fin à tout cela chaque jour, afin que le lendemain votre esprit soit plein de fraîcheur, de jeunesse. Un tel esprit ne peut jamais être blessé, et c'est cela l'innocence.

Il nous faut découvrir par nous-même ce que mourir veut dire ; alors il n'y a plus de peur, et de ce fait chaque jour est un jour nouveau — et cela, je le pense vraiment, je sais qu'il est possible de le faire —, de sorte que votre esprit et vos yeux voient la vie comme étant quelque chose de complètement neuf. C'est cela, l'éternité. C'est la qualité de l'esprit qui a éprouvé cet état intemporel, car il sait désormais ce que signifie mourir chaque jour à tout ce qu'il a emmagasiné au fil de la journée. Assurément, c'est en cela qu'est l'amour. L'amour est une chose entièrement neuve chaque jour, ce que plaisir n'est pas : le plaisir, lui, s'inscrit dans une continuité. L'amour est toujours neuf, il est donc en lui-même sa propre éternité.

Souhaitez-vous poser des questions ?

Interlocuteur : Vous semblez croire aux vertus du partage, mais en même temps vous dites que deux amants, ou un mari et sa femme, ne peuvent pas, ne doivent pas prendre pour base de leur amour le fait de s'apporter un réconfort mutuel. Je ne vois pas quel mal il y a à se réconforter l'un l'autre : c'est un partage.

Krishnamurti : Que partagez-vous ? Que partageons-nous en ce moment même ? Nous avons parlé de l'amour, nous avons parlé de la mort, de la nécessité d'une révolution totale, d'un changement psychologique du tout au tout, du refus de vivre selon les vieux schémas des formules toutes faites, des luttes et des souffrances, de l'imitation et du conformisme, et de tout ce que les hommes ont vécu pendant des millénaires — pour en arriver à ce fantastique univers de pagaille ! Nous avons parlé de la mort. Comment faire pour partager cette chose-là ? Pour partager la compréhension que nous en avons — et non le constat purement verbal, ni la description que l'on en fait, ni les explications que l'on en donne ? Que signifie partager la compréhension, partager cette vérité qui accompagne la compréhension ? Et que signifie cette compréhension ? Vous me dites quelque chose qui est sérieux, vital, pertinent, important, et j'écoute avec une attention complète, parce que, pour moi, l'enjeu est vital. Et pour que mon écoute soit à la mesure de cet enjeu vital, il faut que mon esprit soit calme, silencieux, n'est-ce pas ? Si je bavarde, si j'ai le regard ailleurs, si je compare ce que vous dites à ce que je sais, mon esprit n'est pas tranquille et silencieux. Ce n'est que lorsque mon esprit est calme, immobile, silencieux, entièrement à l'écoute, qu'il y a compréhension de la vérité d'une chose. Cela, nous le partageons ensemble ; autrement, nous ne pouvons pas partager. Nous ne pouvons pas partager les paroles, nous ne pouvons partager que la vérité d'une chose. Vous et moi ne pouvons voir la vérité d'une chose que lorsque notre esprit s'engage tout entier dans cet examen.

Devant la splendeur d'un coucher de soleil, la beauté des collines, ou les ombres et le clair de lune, comment faire pour partager tout cela avec un ami ? Est-ce en lui disant : « Regardez, mais regardez cette magnifique colline » ? Vous pouvez prononcer ces mots — mais est-ce cela, partager ? Quand vous partagez authentiquement quelque chose avec un autre, cela signifie qu'il faut avoir tous deux la même intensité de perception, au même instant, au même niveau. Sinon, on ne peut pas partager, n'est-ce pas ? Il faut avoir des deux côtés le même intérêt commun, au même niveau, la même passion, sinon comment pourrait-on partager ? On peut partager un morceau de pain, mais ce n'est pas de cela que nous parlons.

Pour voir ensemble, c'est-à-dire partager, il faut que nous puissions voir tous deux — il ne s'agit pas d'être d'accord ou non, mais de voir ensemble ce qu'il en est de la réalité des faits. Ne pas l'interpréter en fonction de mon conditionnement ou du vôtre, mais voir ensemble ce qui est. Et pour voir ensemble, il nous faut être libres d'observer, libres d'écouter. Et cela veut dire être sans préjugés. C'est alors seulement, avec cette qualité d'amour, qu'il y a partage.

I. : Quand vous parlez de relation, c'est toujours d'un homme et d'une femme, ou d'une jeune fille et d'un jeune homme que vous parlez. Les choses que vous dites concernant ces relations-là s'appliquent-elles aussi à la relation entre un homme et un autre homme, ou entre une femme et une autre femme ?

K. : Vous voulez parler d'homosexualité ?

I. : Effectivement, si tel est le nom que vous souhaitez lui donner.

K. : Voyez-vous, quand nous parlons ici d'amour, que ce soit entre un homme et un autre homme, entre une femme et une autre, ou entre homme et femme, nous ne parlons pas d'un type de relation en particulier, mais de la relation en tant que mouvement global, de relation au sens global, non d'une relation intéressant une ou deux personnes. Ne savez-vous pas ce que cela veut dire que d'être relié au monde entier, ce que cela signifie, lorsqu'on a le sentiment d'être soi-même le monde ? Non pas l'idée — ce serait abominable — mais avoir le sentiment réel qu'on est responsable, que cette responsabilité vous engage ? Il n'est d'autre engagement que celui-là ; ne vous engagez pas avec pour langage les bombes, ne vous engagez pas dans une activité particulière, mais sentez que vous êtes vous-même le monde et que le monde n'est autre que vous. Faute de vous transformer complètement, radicalement, de déclencher en vous-même une mutation globale, quoi que vous fassiez extérieurement, il n'y aura pas de paix en vue pour l'homme. Mais si ce sentiment est en vous, jusque dans vos veines, alors c'est entièrement au présent, et au changement qu'il faut introduire dans le présent, que s'attacheront vos questions — et non à des idéaux hypothétiques.

Brockwood Park, le 30 août 1977

Krishnamurti : Avec toute la somme de vos expériences, de vos connaissances, avec toute la civilisation qui est derrière vous, et dont vous êtes le résultat, pourquoi n'y a-t-il point de compassion dans votre vie de tous les jours ? Pour découvrir pourquoi vous en êtes dépourvu, pourquoi elle n'existe ni dans le cœur des hommes, ni dans leur esprit, ni dans leurs conceptions, ne vous posez-vous pas aussi cette question : aimez-vous quelqu'un ?

Interlocuteur : La question que je me pose, c'est en quoi consiste l'amour.

K. : Je vous en prie, monsieur : ma question — et je vous la pose avec le plus grand respect — est de savoir si oui ou non vous aimez quelqu'un. Vous pouvez aimer votre chien, mais le chien est votre esclave. Mis à part les animaux, les édifices, les livres, la poésie, l'amour de la terre, y a-t-il quelqu'un que vous aimiez ? Ce qui veut dire ne rien demander en retour, ne rien exiger de l'être aimé, ne dépendre de lui en aucune manière. Car si vous êtes dépendant, alors surgissent la peur, la jalousie, la haine, la colère. Si vous êtes attaché à quelqu'un, est-ce encore l'amour ? Cherchez et trouvez ! Et si tout cela n'est pas l'amour — je ne fais que soulever la question, je n'affirme rien, je ne nie rien — alors comment pouvez-vous faire preuve de compassion ? Nous prétendons à quelque chose qui est bien plus grand que l'amour, alors que nous n'avons même pas d'amour ordinaire à donner à un autre être humain.

I. : Comment fait-on pour découvrir cet amour-là ?

K. : Mais je ne cherche pas à découvrir cet amour. Tout ce que je veux, c'est éliminer ce qui n'est pas l'amour, me libérer de la jalousie, de l'attachement.

I. : Cela signifie que nous ne devrions pas être fragmentés.

K. : Monsieur, cela n'est que théorie. Cherchez à savoir si vous aimez quelqu'un. Comment pouvez-vous aimer, alors que vous ne vous préoccupez que de vous-même, de vos problèmes, de vos ambitions, de votre soif de réussite, de votre désir si insatiable, de votre rang — vous d'abord, l'autre après ? Ou l'inverse — l'autre d'abord, vous après — ce qui revient au même.

Nous avons posé tant de questions. Pourrions-nous, là, tous ensemble, examiner à fond la question de savoir si je suis capable de me libérer de l'attachement, en comprenant, même si ce n'est que verbalement, que l'amour ne peut exister quand il y a jalousie, attachement ? Je vais dialoguer avec moi-même, et, si vous le voulez bien, vous allez écouter.

Je réalise, en écoutant tout cela, que je n'aime pas. C'est un fait. Je ne vais pas m'illusionner moi-même. Je ne vais pas faire croire à ma femme — ou à une femme, une jeune fille, ou un jeune homme — que je l'aime. Pour commencer, je ne sais pas ce qu'est l'amour. Mais je sais que je suis jaloux ; je sais que je suis terriblement attaché à quelqu'un, et que dans cet attachement il entre de la peur, de la jalousie, de l'angoisse, un sentiment de dépendance, de sujétion qui me déplaît, mais je suis dépendant parce que je me sens seul et que je me fais malmener par la société, au bureau, à l'usine ; de retour chez moi, j'ai besoin de réconfort, de compagnie, pour m'évader de moi-même. Voilà pourquoi je suis dépendant de cette personne, pourquoi je tiens à elle. Alors, je me demande comment faire pour me délivrer de cet attachement, ne sachant toujours pas ce qu'est l'amour. Je ne vais pas faire semblant d'aimer Dieu, Jésus, ou Krishna ; je rejette toutes ces stupidités. Comment faire pour me libérer de cet attachement ? Je prends simplement cette situation à titre d'exemple.

Je ne vais pas éluder la question. D'accord ? Je ne sais pas comment les choses vont tourner avec ma femme ; quand je me sentirai réellement détaché d'elle, mes liens avec elle risquent de changer. Il se pourrait qu'elle tienne à moi, alors que je pourrais fort bien ne pas tenir à elle, ni à aucune autre femme. Vous comprenez ? La question n'est pas que j'aie envie de me détacher d'elle pour aller vers une autre femme — ce serait stupide. Mais que vais-je donc faire ? Je ne vais pas esquiver les conséquences de ma situation d'homme totalement libéré de tout attachement. Je vais mener mon enquête. J'ignore ce qu'est l'amour, mais je vois très clairement, sans le moindre doute, la moindre incertitude, que l'attachement à une personne est synonyme de peur, d'angoisse, de jalousie, de possession, et ainsi de suite. Je me demande donc comment je vais faire pour m'en libérer ? Je n'attends pas une méthode : je veux m'en délivrer, mais je ne sais pas comment faire. Je suis engagé dans un dialogue avec moi-même.

Donc, je commence à m'enquérir. Puis je me laisse emprisonner dans un système. Je tombe sous la coupe de quelque gourou qui dit : « Je vais vous aider à vous détacher ; faites ceci et cela, observez telle et telle pratique. » Le désir de me libérer fait que j'accepte ce que dit cet individu stupide, parce que je vois à quel point il importe d'être libre, et parce qu'il me promet que si j'agis ainsi je serai récompensé. Donc, si je veux être libre, c'est dans le but d'obtenir une récompense. Vous comprenez ? Je suis en quête de récompense. Je comprends ainsi combien je suis stupide : je cherche à être libre, et je m'attache à la récompense !

Je représente l'ensemble de l'humanité — cela, je le pense vraiment — et donc, si je me lance dans ce dialogue avec moi-même, j'en arrive aux larmes tant c'est pour moi une passion.

Je refuse l'attachement, et pourtant je me retrouve attaché à une idée. En d'autres termes, il faut absolument que je sois libre, or une idée ou un livre, émanant d'un autre, me dit : « Fais ceci, et tu auras cela. » La récompense devient donc l'objet de mon attachement. Je me dis alors : « Regarde ce que tu as fait. Fais attention, ne te laisse pas prendre au piège. Qu'il s'agisse d'une femme ou d'une idée, c'est toujours de l'attachement. » J'ai ainsi appris qu'échanger un objet pour un autre, c'est toujours et encore de l'attachement. Désormais, je suis donc sur mes gardes. Et je me dis alors : « Y a-t-il un moyen, ou bien que dois-je faire, pour m'affranchir de tout attachement ? Quelles sont mes motivations ? Pourquoi veux-je être libéré de tout attachement ? Parce que c'est douloureux ? Parce que je veux accéder à un état où il n'existe ni attachement, ni peur, et ainsi de suite ? » Je vous en prie, suivez bien, parce que je vous représente tous. Dans ce désir d'être libre, quel motif m'anime ? Je me rends soudain compte que tout motif donne une orientation, et cette orientation va peser sur ma liberté. Pourquoi me faut-il un motif ? Et qu'est-ce qu'un motif ? Un motif est un mouvement, l'espoir de réaliser quelque chose. Le motif n'est autre que mon attachement. Le motif — et pas seulement la femme, l'idée d'un but à atteindre, mais mon propre motif — est devenu l'objet de mon attachement : j'en ai absolument besoin. Je fonctionne donc toujours à l'intérieur du cadre propre à l'attachement. Je suis attaché et à la femme, et au futur, et au motif. Et là, je me dis : « Oh, mon Dieu ! Que c'est compliqué ! Je ne me rendais pas compte que s'affranchir de l'attachement mettait en jeu tant de choses ! »

Maintenant, tout cela m'apparaît aussi clairement

que sur une carte, avec les villages, les routes secondaires, les routes principales. Alors je me dis : « M'est-il possible de me libérer de mon motif, auquel je tiens, de cette femme à laquelle je suis très attaché, et aussi de la récompense que j'espère obtenir une fois libre ? Pourquoi suis-je attaché à tout cela ? Est-ce parce que je sens en moi une insuffisance ? Est-ce parce que je me sens très, très seul, et que je veux échapper à ce formidable sentiment d'isolement, et c'est pourquoi je m'accroche à quelque chose — à un homme, à une femme, à une idée, à un motif ? Est-ce parce que je suis seul, et que je cherche à fuir cet immense sentiment d'isolement, par le biais de mon attachement à un autre ? »

Donc, je ne m'occupe plus du tout de l'attachement, mais je cherche à comprendre pourquoi je me sens seul, ce qui m'incite à m'attacher. Je me sens seul, et c'est cette solitude qui m'a forcé à chercher l'évasion dans l'attachement à quelqu'un ou quelque chose. Et tant que je suis plongé dans la solitude, ce scénario est immuable. Je dois donc examiner pourquoi je me sens seul. Etre seul, qu'est-ce que cela veut dire ? Comment cela nous arrive-t-il ? La solitude est-elle due à l'instinct, est-elle acquise, héréditaire, ou est-ce mon activité de chaque jour qui en est la cause ?

Je remets les choses en question, car je n'accepte rien a priori. Je n'accepte pas l'idée d'instinct, qui m'amènerait à dire qu'on ne peut rien y faire. Je n'admets pas que ce soit héréditaire, en conséquence de quoi je ne serais pas blâmable. Je n'accepte rien de tout cela, mais je demande : « Pourquoi cette solitude existe-t-elle ? » Je pose la question et je demeure face à elle, sans essayer de trouver de réponse. Je me suis donc demandé quelles sont les racines de la solitude, et j'observe ; je n'essaie pas de trouver une réponse intellectuelle ; je n'essaie pas de dire à la solitude ce qu'elle devrait être, ou ce qu'elle est. Je l'observe, j'attends qu'elle me le dise elle-même.

Il est une attention soutenue qui permet à la solitude de se révéler. Elle ne se révélera pas si je la fuis, si j'en ai peur, si je lui résiste. Donc, je l'observe. Je l'examine en faisant en sorte que nulle pensée n'intervienne, car elle compte beaucoup plus que l'irruption de la pensée. Toute mon énergie est centrée sur l'observation de cette solitude, donc la pensée n'intervient pas du tout. Mon esprit est face à un défi, il doit le relever. Lorsqu'on vous défie, cela provoque une crise. En situation de crise, vous disposez de toute l'énergie possible, et cette énergie demeure si rien ne vient la perturber. Il faut donc relever le défi.

I. : Mais comment peut-on se brancher sur cette énergie ? Comment pouvons-nous agir sur cette énergie ?

K. : Elle vient, c'est tout. Mais vous avez perdu le fil.

Ecoutez : j'ai commencé par entamer ce dialogue avec moi-même. J'ai demandé : « Qu'est-ce donc que cette chose étrange qu'on appelle l'amour ? » Tout le monde en parle, ou écrit à son sujet ; il y a les poèmes romantiques, les photos, et tout ce qui s'ensuit, le sexe et toute cette pagaille. Et je voudrais savoir si je l'ai en moi, cette chose qui a pour nom l'amour, si l'amour existe. Je vois que l'amour n'existe pas lorsqu'il y a jalousie, haine, peur. Je cesse donc de m'occuper de l'amour ; je m'intéresse à ce qui est, à savoir ma peur, mon attachement, et les raisons qui font que je m'attache. Et je me dis que, peut-être, l'une des raisons — pas la raison globale —, c'est que je suis désespérément seul et isolé. Plus je vieillis, plus mon isolement s'accroît. J'observe donc tout cela. La découverte de la réponse est un défi, et parce que le défi est là, toute l'énergie est là, elle aussi, pour y répondre. C'est simple, n'est-ce pas ? Lorsque la mort frappe une famille, c'est un défi. S'il survient une catastrophe, un accident, c'est un défi, et vous avez l'énergie nécessaire pour y faire face. Vous ne dites pas : « Mais l'énergie, où la trouve-t-on ? » Quand votre maison brûle, vous avez l'énergie de bouger. Vous avez en vous une énergie extraordinaire. Vous ne restez pas là assis à attendre, en disant : « Bon, cette énergie, il faut que je la trouve. » Car, dans ce cas, toute la maison brûlerait !

Une formidable énergie est donc là, pour répondre à la question des causes de cette solitude. J'ai rejeté les idées toutes faites, les suppositions ou les théories sur l'hérédité ou l'instinct. Tout cela n'a aucun sens à mes yeux. Seul compte pour moi *ce qui est*. Pourquoi donc suis-je seul — non, « je » ne convient pas : pourquoi y a-t-il cette solitude, que chaque être humain, pour peu qu'il soit conscient, connaît un jour, superficiellement ou à un niveau profond ? Pourquoi ce sentiment naît-il ? L'esprit fait-il quelque chose qui le déclenche ? Comprenez-vous ? Ayant rejeté les théories, les instincts, l'hérédité, je veux savoir si c'est l'esprit qui est responsable de tout cela.

L'esprit est-il à l'œuvre dans tout cela ? La solitude signifie l'isolement total. Est-ce l'esprit, le cerveau, qui veut cela ? L'esprit est, pour une part, le mouvement de la pensée. La pensée est-elle responsable de tout cela ? Est-ce la pensée à l'œuvre dans notre vie quotidienne qui crée, qui suscite ce sentiment d'isolement ? Est-ce que je m'isole parce que je voudrais monter en grade au bureau, devenir cadre — ou bien évêque, ou pape ? La pensée est perpétuellement à l'œuvre, et elle s'isole elle-même. Est-ce que vous observez bien tout cela ?

I. : Je crois que l'esprit s'isole en fonction directe de son degré d'encombrement par la pensée.

K. : Oui.

I. : Par réaction.

K. : Oui, exactement, c'est tout à fait cela. Je veux approfondir cela. Je vois que la pensée, l'esprit, œuvre perpétuellement en vue de gagner en supériorité, en grandeur, pour déboucher finalement sur la solitude.

Le problème est donc le suivant : pourquoi la pensée agit-elle ainsi ? Est-ce dans la nature de la pensée que d'agir pour son propre compte ? Est-ce dans sa nature que de créer cet isolement ? L'éducation crée-t-elle cet isolement ? L'éducation, en effet, suscite cet isolement ; elle nous prépare à une carrière donnée, spécialisée. J'ai découvert que la pensée était la réponse du passé sous forme de savoir, d'expérience et de mémoire, je sais donc que la pensée est limitée, qu'elle nous soumet au joug du temps. La pensée est donc effectivement responsable. Je cherche donc à savoir pourquoi elle agit ainsi. Est-ce dans sa nature même d'agir de la sorte ?

*

I. : Les facettes intimes de notre être demeurent à jamais cachées, la pensée ne peut donc qu'être trompeuse, et conduire à l'isolement, car personne ne sait ce que l'autre ressent, à cause de tous ces faux-semblants.

K. : Nous sommes déjà passés par là, monsieur. Nous en sommes arrivés au point où nous ne faisons plus semblant.

Nous avons dit au cours du dialogue que nous ignorions ce qu'est l'amour. Je sais que lorsque nous employons ce mot amour, il y a quelque chose de feint, une part d'hypocrisie, on se cache derrière un masque. Nous avons déjà vécu tout cela. Et nous en sommes au point où nous voulons savoir pourquoi la pensée, ce fragment, engendre cet isolement — à supposer que ce soit le cas. J'ai découvert que c'est le cas au cours de ma conversation avec moi-même, ayant vu que l'esprit est limité, que la pensée est tributaire du temps, que tout ce qu'elle fait ne peut être que limité, et que c'est dans cette limitation qu'elle trouve sa sécurité. Cela la rassure de dire : « J'ai une carrière spéciale à mener dans la vie. » Cela la rassure de dire : « Je suis professeur, ma sécurité est assurée. » Et l'on est enlisé là pour le restant de ses jours. Ces situations sont garantes d'une grande sécurité psychologique aussi bien que factuelle.

C'est donc la pensée qui est à l'œuvre. Le problème est alors le suivant : la pensée peut-elle s'apercevoir qu'elle est limitée, et que par conséquent tout ce qu'elle fait est limité, et donc fragmentaire, et donc facteur d'isolement ? Tout ce qu'elle fait est donc toujours de cette nature ? C'est un point capital : la pensée peut-elle percevoir ses propres limites, ou est-ce qu'elle se dit à elle-même : « Je suis limitée » ? Comprenez-vous la différence ? La pensée n'étant autre que moi, est-ce moi qui dis que la pensée est limitée, ou est-ce la pensée qui réalise que je suis limité ? Les deux choses sont tout à fait différentes. Dans un cas, il s'agit d'une situation imposée, il y a donc conflit ; dans l'autre, au contraire, quand c'est la pensée elle-même qui dit : « Je suis limitée », elle ne s'écartera pas de ces limites. C'est un point capital à comprendre, car là est l'essence même de la question. Nous imposons à la pensée ce qu'elle devrait être. La pensée a créé le « moi », et le « moi » s'est dissocié de la pensée et déclare qu'il va dire à la pensée ce qu'elle devrait faire. Mais si la pensée réalise d'elle-même qu'elle est limitée, il n'y a alors plus aucune résistance, aucun conflit, elle dit : « Je suis cela. Un point, c'est tout. »

Dans mon dialogue avec moi-même, je me demande si la pensée se rend compte de cela par elle-même, ou si c'est moi qui lui dis qu'elle est limitée. Si c'est moi qui le lui dis, alors je me dissocie de ces limitations. Alors je me bats pour vaincre ces limitations, d'où le conflit, c'est-à-dire la violence, ce qui n'est point l'amour. La pensée se rend-elle donc compte elle-même qu'elle est limitée ? Il faut que je le sache. C'est pour moi un défi. J'ai de l'énergie, à présent que je suis confronté à un défi.

Disons les choses autrement. La conscience réalise-t-elle qu'elle n'est autre que son propre contenu ? J'ai entendu quelqu'un dire : « La conscience est son propre contenu, c'est le contenu de la conscience qui constitue celle-ci », alors je dis : « Oui, c'est vrai » ; ou bien est-ce la conscience — ma conscience — qui perçoit son propre contenu et réalise donc que ce contenu même constitue la totalité de ma conscience ? Est-ce que vous voyez la différence entre les deux ? Dans un cas c'est moi, le « moi » créé par la pensée, qui impose, et si le « je » impose quelque chose à la pensée, alors il y a conflit. Comme un gouvernement tyrannique qui cherche à s'imposer — mais c'est moi qui ai créé ce gouvernement.

Notre question est celle-ci : la pensée a-t-elle pris conscience de sa propre petitesse, de sa mesquinerie, de ses limitations ? Ou bien prétend-elle être une chose extraordinaire, noble, divine ? Ce qui est absurde, puisque la pensée est mémoire, expérience. Dans mon dialogue, ce point doit être très clair : il n'y a pas d'influence extérieure imposant à la pensée la notion de sa propre limitation. Et parce que rien n'est imposé, il n'y a pas de conflit, la pensée prend donc conscience de ses limites. Elle constate que, quoi qu'elle fasse — même lorsqu'elle vénère Dieu —, toutes ses actions sont limitées, mesquines, petites — et ce, en dépit des merveilleuses cathédrales qu'elle a créées aux quatre coins de l'Europe.

Dans ma conversation avec moi-même est née une découverte — à savoir que la solitude est créée par la pensée. Et la pensée a maintenant réalisé elle-même qu'elle est limitée et qu'elle ne peut résoudre le problème de la solitude. Etant donné qu'elle ne peut pas résoudre ce problème de la solitude, la solitude existe-t-elle ? C'est la pensée qui est à l'origine de ce sentiment de solitude. La pensée réalise qu'elle est limitée, et que, parce qu'elle est limitée, fragmentaire, divisée, elle a créé ce vide — la solitude. Donc lorsqu'elle réalise cela, la solitude n'est plus.

Vient ensuite la libération de tout attachement. Je n'ai rien fait d'autre que d'observer l'attachement et tout ce qu'il implique — l'avidité, la peur, la solitude — et en le débusquant, en le regardant, en l'observant — il ne s'agit pas de l'analyser, d'en faire l'examen, mais de regarder, regarder sans relâche —, on découvre que c'est la pensée qui a fait tout cela. La pensée, parce qu'elle est fragmentaire, a créé cet attachement. Lorsqu'elle le réalise, l'attachement cesse. Il n'y a pas eu le moindre effort, car dès que l'effort intervient, l'attachement revient.

Nous avons dit que, s'il y a amour, il n'y a pas attachement, et que, s'il y a attachement, il n'y a point d'amour. La « négation », c'est-à-dire l'examen successif de ce qu'il n'est pas, a permis de supprimer le principal responsable. Savez-vous ce que cela signifie dans votre vie quotidienne ? Plus aucune réminiscence à propos de ma femme, de ma petite amie, ou de ce que m'a dit mon voisin ; plus aucun souvenir des blessures subies ; plus le moindre attachement à l'image de la femme aimée. J'étais attaché à l'image que la pensée avait créée d'elle — les blessures, les persécutions qu'elle m'a fait subir, le réconfort qu'elle m'a apporté sur le plan sexuel, et quantité d'autres choses, qui ne sont en fait que le mouvement de la pensée, qui a créé cette image d'elle, et c'est à l'image que j'étais attaché. L'attachement a donc disparu.

Mais à propos de cette personne, ou de cette idée, d'autres facteurs entrent en jeu : la peur, le plaisir, le confort. Faut-il donc que je les examine tous l'un après l'autre, pas à pas ? Dois-je examiner le problème de la peur, puis le besoin de confort, de la même manière que je l'ai fait pour l'attachement ? Est-ce en raison de ma propre insuffisance que j'ai besoin de confort, qu'il me faut un fauteuil confortable, une femme ou un homme confortable, ou une idée confortable ? Je crois que la plupart d'entre nous ont besoin d'une idée confortable et sûre que rien ne pourra jamais ébranler. Je finis par m'y attacher terriblement, et si quelqu'un dit qu'elle est ridicule, je me fâche, je deviens jaloux, je suis perturbé parce qu'on ébranle mon refuge. Je comprends que je ne suis pas obligé de repasser par le même processus pour chacun des divers facteurs en cause. Si je vois toute la situation d'un seul coup d'œil, j'ai tout saisi.

Donc, c'est par la « négation » — l'élimination de

tout ce qui n'est pas l'amour — qu'éclôt cette « autre chose ». Je n'ai pas besoin de demander ce qu'est l'amour. Je n'ai pas besoin de courir après lui. Si je cours après, ce n'est qu'une récompense, ce n'est pas l'amour. Au fil de mon enquête, lentement, patiemment, sans distorsion, sans illusions, j'ai éliminé tout ce qu'il n'est pas — alors est cette « autre chose ».

Saanen, le 18 juillet 1978

Nous allons, si vous le voulez bien, approfondir un domaine qui est peut-être assez difficile. J'ignore où cela va nous mener. Les choses risquent d'être désormais un peu plus complexes, je vous demande donc un peu d'attention.

Lorsque vous avez auprès de vous un tout petit, vous écoutez ses cris, ses pleurs, ses mots, ses murmures. Vous vous sentez tellement concerné que vous êtes à l'écoute ; même si vous étiez endormi, dès qu'il pleure, vous vous réveillez. Votre attention est sans relâche, parce que c'est votre enfant, vous devez prendre soin de lui, l'aimer, le tenir dans vos bras. Vous êtes si formidablement attentif que même en plein sommeil, vous vous réveillez. Pourriez-vous donc — avec une qualité d'attention, d'affection, de tendresse égale à celle que vous donnez à cet enfant — regarder dans ce miroir qui n'est autre que vous-même ? Il ne s'agit pas de m'écouter, moi, mais d'écouter avec une affection, une délicatesse, une attention concentrées à l'extrême ce miroir que vous êtes, et d'entendre ce qu'il vous dit. Voulez-vous essayer ?

Nous voulons savoir pourquoi les êtres humains sont devenus si mécaniques. Il va de soi que toute habitude mécanique suscite un désordre, parce que l'énergie, fonctionnant toujours dans un cadre très étroit, lutte sans cesse pour s'en échapper, ce qui est l'essence même du conflit. Comprenez-vous ce que dit le miroir — pas à moi, bien sûr, l'orateur ne compte pas ? Etes-vous capable d'observer avec soin, avec attention, avec un immense sentiment d'affection, ce que vous écoutez ?

Nous parlons de désordre. Nous vivons en plein désordre — le désordre des habitudes, des croyances, des conclusions, des opinions. Tel est le schéma déjà tout tracé dans lequel nous vivons, et qui, étant limité, engendre forcément le désordre. Or, lorsqu'on baigne dans le désordre, c'est une erreur que de chercher l'ordre, car un esprit confus, embrouillé sera tout aussi confus et hésitant dans sa recherche de l'ordre. C'est très clair. Alors que si, en revanche, vous examinez à fond le désordre, si vous comprenez le désordre dans lequel vous vivez, et les causes du mouvement propre à ce désordre, en comprenant celui-ci, l'ordre surgit naturellement — facilement, avec bonheur, sans contrainte ni nécessité de contrôle. Le miroir nous dit que l'on peut découvrir instantanément — et non pas verbalement, intellectuellement, ou émotionnellement — les causes de ce mouvement du désordre en soi-même, les raisons pour lesquelles il se manifeste, mais à condition d'y prêter toute notre attention, la même attention que celle que l'on accorde à un petit enfant sans défense. C'est cela, avoir la vision pénétrante du désordre.

Quelles sont les racines du désordre ? Les causes en sont multiples : la comparaison — que l'on se compare à un autre, ou à ce qu'on devrait être —, le fait de vouloir suivre un exemple ou imiter un saint, le fait de se conformer, de s'adapter à quelque chose dont on pense qu'il se situe au-delà de *ce qui est.* Il y a toujours un conflit entre ce qui est et ce qui devrait être. Comparer les deux, c'est le mouvement de la pensée : « J'étais ceci », ou : « J'étais heureux, et je retrouverai un jour le bonheur. » Cette façon de mesurer sans cesse la distance entre ce qui fut, ce qui est et ce qui devrait être, cette évaluation perpétuelle engendre le conflit. Là est une des raisons essentielles du désordre.

Il est une autre cause du désordre qui opère à partir du passé. L'amour est-il, en somme, un mouvement procédant du temps, de la pensée, de la mémoire ? Comprenez-vous la question que vous pose le miroir que vous contemplez ? Ce que nous appelons l'amour ne crée-t-il pas dans les relations humaines un formidable désordre ? Constatez-le vous-même.

Quelle est la racine du désordre ? Vous êtes en mesure d'en constater les causes, et nous pouvons en ajouter d'autres ; la question n'est pas là. En examinant quelle en est la racine, n'analysez pas. Regardez simplement. Si vous regardez sans esprit d'analyse, votre vision est directe, instantanée. Mais si vous dites : « Je vais examiner, je vais déduire », ou si vous analysez les choses de l'extérieur, par induction et déduction, c'est toujours le mouvement de la pensée. Alors que si vous êtes capable d'observer avec une attention, un intérêt profond, où entre énormément de tendresse, d'affection, alors vous vient une vision pénétrante, instantanée. Allez-y, faites-en la découverte.

Quelle est la racine de notre désordre — du désordre intérieur, et par conséquent du désordre extérieur ? Vous êtes à même de constater dans quel désordre terrible, atroce, se trouve le monde : partout on s'entre-tue, on emprisonne et on torture les dissidents. Nous tolérons tout cela parce que notre esprit accepte les choses, ou essaie de les modifier un peu, ici ou là. Pour voir la racine du désordre, la question qu'on doit se poser est celle-ci : qu'est-ce que notre conscience ? Lorsque vous vous regardez dans ce miroir qui reflète sans distorsion votre conscience, quelle est-elle ? Là pourrait bien être l'essence du désordre. Il nous faut explorer ce qu'est notre conscience.

Notre conscience est une chose qui vit, qui bouge, qui agit, et non pas quelque chose de passif, de clos, de fermé. Elle est constamment mouvante, changeante, mais elle évolue dans des frontières étroites, limitées. Elle fait songer à un homme qui croit être en train de changer, alors qu'il change un tout petit peu, dans un coin, et ne transforme pas l'ensemble du domaine qui est le sien. Il nous faut comprendre la nature et la structure de notre conscience. Et nous faisons cela dans le but de découvrir la racine de notre désordre — qui n'est peut-être pas là, mais nous allons chercher à le savoir. Qu'est-ce que notre conscience ? N'est-elle pas tout ce que la pensée a élaboré : la forme, le corps, le nom, les sens auxquels la pensée s'est identifiée, les croyances, les souffrances, les tourments, les supplices, les dépressions et les joies intenses, les jalousies, les angoisses, les peurs, les plaisirs, mon pays et votre pays, la croyance en Dieu ou la non-croyance en Dieu, le fait d'affirmer que Jésus est le plus important, que Krishna est plus important, et ainsi de suite, à l'infini — votre conscience n'est-elle pas la somme de tout cela ? Vous pouvez ajouter d'autres choses encore : je suis noir, oui, mais « black is beautiful » — noir est synonyme de beauté —, etc. Le passé, l'hérédité, la mythologie, l'ensemble des traditions de l'humanité, tout est fondé là-dessus. C'est tout cela, le contenu, et aussi longtemps que l'on agira sans avoir pris conscience du contenu de la conscience, cette action sera nécessairement limitée, et donc source de désordre. La pensée dans son mouvement crée immanquablement le désordre, à moins qu'elle n'ait compris quelle est sa juste place. Le savoir est limité, il lui revient donc une juste place. C'est clair.

La pensée, qu'elle soit née d'hier, ou vieille de dix millions d'hiers, reste limitée, par conséquent le contenu de notre conscience est limité. Quels que soient les moyens par lesquels la pensée cherche à proclamer que la conscience n'est pas limitée, ou qu'il existe une conscience suprême, c'est toujours une forme de conscience. La conscience qui n'a pas su se remettre à sa juste place est l'essence même du désordre. Il ne s'agit pas là d'histoires romanesques, vagues, absurdes : vous pouvez constater vous-même, si vous êtes logique, sensé, lucide, que la pensée, étant limitée, engendre nécessairement le désordre. Celui qui dit : « Je suis juif », ou : « Je suis arabe », est limité, et donc il s'enferme, il résiste ; et c'est ainsi que commencent les guerres et leur cortège de malheurs. Est-ce que vous voyez ce fait, non en tant qu'idée abstraite, non comme un fait qu'on vous a rapporté, mais le voyez-vous à titre personnel, comme vous entendez les pleurs du bébé ? Alors vous agissez. Vous vous levez pour agir.

Notre façon mécanique de vivre est, pour une part, née de cette conscience limitée. Est-il possible de ne pas enfler, de ne pas agrandir encore notre conscience, de ne pas y ajouter de nouveaux éléments, toujours plus de savoir, plus d'expériences, plus d'agitation d'un coin à un autre ? Il y a des écoles qui s'efforcent d'élargir la conscience, par une pratique, une discipline, une maîtrise. Mais lorsqu'on essaie d'élargir la conscience, il y a un centre de mesure. Quand on entreprend d'agrandir quoi que ce soit — par exemple les fondations d'une maison —, il y a un noyau central à partir duquel on agrandit. De même, il y a un centre à partir duquel se fait l'élargissement, et qui est l'action de mesurer. Regardez-vous. N'êtes-vous pas en train d'essayer d'élargir votre conscience ? Peut-être n'employez-vous pas ce terme. Vous dites peut-être : « Eh bien, j'essaie de devenir meilleur », ou bien : « Je cherche à être ceci ou cela, ou à réussir. » Tant qu'il y a un centre à partir duquel on agit, le désordre est inévitable.

Alors se pose le problème suivant : est-il possible

d'agir, de fonctionner d'une manière naturelle et heureuse, sans qu'il y ait ce centre, sans le contenu de la conscience ? Nous posons là des questions fondamentales. Vous n'y êtes peut-être pas habitué. Le plus souvent, on pose les questions avec une certaine mollesse, ou une certaine indifférence, puis on décroche. Mais nous posons ici des questions auxquelles il vous faut répondre, dans lesquelles il vous faut plonger pour découvrir vous-même les réponses. Est-il possible d'agir, de vivre notre vie de chaque jour, sans qu'il y ait ce centre ? Car le centre est l'essence du désordre. Dans vos relations avec un autre, si intimes soient-elles, si vous ne cessez de vous préoccuper de vous-même, de vos ambitions, de votre personnalité, de votre beauté, de vos habitudes, et si l'autre fait de même, il est naturel qu'il y ait conflit, c'est-à-dire désordre.

Est-il possible de ne pas agir à partir de ce centre, qui n'est autre que cette conscience et son contenu, c'est-à-dire la somme des choses concoctées par la pensée, y compris ses sensations, ses désirs, ses peurs, et ainsi de suite ? Quelle est-elle, cette action dans laquelle il n'y aurait ni contradiction, ni regret, ni récompense, ni châtiment, et qui serait donc une action intégrale ? Nous allons le découvrir. Il n'est pas question que je le découvre et que je vous le montre, mais nous allons faire ensemble cette découverte, en gardant à l'esprit qu'il n'y a point d'orateur, mais seulement le miroir dans lequel vous plongez votre regard. Pour le comprendre, il nous faut aller au fond de la question de la nature de l'amour. Car si nous pouvons découvrir la vérité de ce qu'est l'amour, cela pourrait bien avoir pour effet de dissoudre ce centre, et de rendre complètement possible une action qui soit holistique. Nous devons donc avancer très précautionneusement — si vous voulez bien écouter. Vous avez vos propres opinions à propos de l'amour. Vous avez des conclusions. Vous dites que l'amour ne peut pas exister sans la jalousie, qu'il n'existe que lorsque le sexe est présent, qu'il n'existe que lorsqu'on aime l'ensemble de son prochain, lorsqu'on aime les animaux. Vous avez un concept, une idée, un a priori sur ce qu'est l'amour. Dans ce cas, toute investigation est impossible. Si vous dites d'avance : « L'amour, c'est ça », inutile d'insister. C'est comme l'un de ces gourous qui disent : « J'ai atteint l'illumination, je sais », et vous êtes assez crédule pour le suivre, sans jamais le remettre en question.

Aucune autorité, aucun orateur n'a droit de cité ici, nous ne faisons que nous poser une question très, très sérieuse, qui peut peut-être résoudre le conflit, la lutte constante entre soi-même et l'autre. Pour trouver la réponse, nous devons aller jusqu'au fond de cette question de ce qu'est l'amour. Nous parlons simplement de ce que les êtres humains appellent l'amour — l'amour pour les animaux, pour leurs animaux de compagnie, pour leur jardin, pour leur maison, pour leurs meubles, pour leur fille ou leur fils, pour leurs dieux, pour leur pays — cette chose nommée amour, qui est si chargée de sens, qu'on a tellement piétinée. Nous allons découvrir ce qu'il en est.

Le bébé pleure, alors soyez un peu attentif. Vous savez que quand le bébé pleure, vous écoutez de tout votre esprit. Ecouter, c'est tout un art. Le mot « art » implique que tout soit mis à sa juste place. Si vous comprenez le sens de ce mot, l'art véritable ne consiste pas à peindre des toiles, mais c'est l'art de mettre sa vie à sa vraie place, autrement dit de vivre harmonieusement. Lorsque tout en vous a retrouvé sa place équitable, vous êtes libre. Accorder à toute chose sa juste place fait partie de l'intelligence. Vous allez dire que nous donnons un sens nouveau à ce mot d'intelligence. Il le faut. L'intelligence suppose de savoir lire entre les lignes, entre les mots, entre deux silences, entre les discours, avoir l'esprit constamment en alerte, prêt à l'écoute. On entend non seulement avec l'oreille, mais aussi sans elle.

Nous voulons savoir quelles sont la signification et la beauté — si beauté il y a — de l'amour. Vous êtes-vous déjà demandé ce qu'est la beauté ? Que signifie la beauté ? Est-elle liée au désir ? Ne niez pas, mais regardez, écoutez attentivement, et découvrez. La beauté est-elle partie prenante du désir ? La beauté est-elle une composante de nos sens ? Vous voyez un édifice magnifique — le Parthénon, ou l'une de ces cathédrales, l'un de ces merveilleux monuments —, vos sens sont en éveil face à tant de beauté. La beauté fait-elle donc partie de tout cela ? Est-elle dans la couleur, dans la forme, dans l'ossature du visage, dans la clarté des yeux, la peau, la chevelure, dans l'expression d'un homme ou d'une femme ? Ou bien la beauté recèle-t-elle une autre qualité, susceptible de transcender toute la beauté qui est là sous nos yeux. Et lorsque celle-ci fait partie de notre vie, alors, forme, visage, tout a sa juste place ? Si l'on ne capte pas, si l'on ne comprend pas cette chose-là, c'est l'expression extérieure qui prend le pas sur tout. Nous allons découvrir ce qu'est cette beauté-là, si cela vous intéresse.

Vous le savez, quand vous regardez quelque chose, par exemple une magnifique montagne se détachant sur fond de ciel, la neige éclatante étincelante, transparente, immaculée — la majesté du spectacle vous fait oublier toutes vos pensées, tous vos soucis. L'avez-vous remarqué ? Vous dites : « Que c'est beau ! » et, au moins l'espace de deux secondes peut-être, voire d'une minute, vous restez parfaitement silencieux. Tant de grandeur fait disparaître pendant cette seconde votre propre petitesse. Cette immensité s'est donc emparée de nous. Comme un enfant qu'occupe une heure durant un jouet compliqué : il ne parle pas, ne fait pas de bruit, il est complètement absorbé. Le jouet l'a absorbé. De même, la montagne vous absorbe et donc, l'espace d'une seconde, ou d'une minute, vous êtes parfaitement silencieux, ce qui signifie qu'il n'y a plus d'ego. En fait, alors qu'on n'est absorbé par rien — ni un jouet, ni une montagne, ni un visage, ni une idée —, ne plus trouver trace d'ego en soi-même, c'est cela l'essence de la beauté.

Nous allons chercher à savoir ce qu'est l'amour. Si nous y parvenons, notre vie pourrait être tout à fait différente, nous pourrions vivre sans conflit, sans aucun besoin de contrôle, sans la plus petite trace d'effort. Nous allons le découvrir.

Outre l'action positive, il existe une action qui est une non-action. L'action considérée comme « positive » est celle qui agit sur les choses, qui cherche à contrôler, à réprimer, qui fait des efforts, qui veut dominer, éviter, expliquer, rationaliser, analyser. Nous disons qu'il est aussi une non-action qui, tout en n'ayant aucun lien avec l'action positive, n'en est pourtant pas l'opposé, et qui consiste à observer sans agir. Cette observation même provoque alors une transformation radicale dans ce qui est observé, à savoir la non-action. Nous sommes accoutumés à agir positivement : « Je dois », « Je ne dois pas », « C'est vrai », « C'est faux », « C'est exact », « Cela devrait être », « Cela ne doit pas être », « Je vais réprimer ceci », « Je vais contrôler cela ». C'est une incessante bataille avec le « moi », qui est l'essence même du désordre, c'est-à-dire du conflit. Si vous voyez bien cela, non pas verbalement ou visuellement, mais si vous en voyez la vérité, alors il est une non-action, d'où tout effort est absent. Le simple fait d'observer change ce qui est observé.

Nous demandons : qu'est-ce que l'amour ? Nous avons dit que les opinions à son sujet étaient multiples — l'opinion des spécialistes, celle des gourous, celle des prêtres ; votre femme ou votre petite amie dit : « L'amour, c'est ceci », ou c'est vous qui dites : « L'amour, c'est cela », ou bien vous dites qu'il est lié à la sexualité, et ainsi de suite. Mais est-ce le cas ? Est-il lié aux sens ? Le désir part des sens. Le mouvement des sens, c'est le désir, c'est une évidence. Je vois une belle chose, mes sens s'émeuvent, et je la veux. Constatez-le par vous-même. Eh bien nous disons que lorsque le mouvement des sens est global, intégral — que *tous* les sens, et non pas un seul, sont impliqués —, le désir n'existe plus. Réfléchissez-y.

L'amour est-il le mouvement des sens qui accompagne le désir ? En d'autres termes, l'amour est-il le désir ? Sur le plan sexuel, les sens sont constamment en éveil — stimulés par les réminiscences, les images, les représentations, les sensations. L'ensemble de ce mouvement est considéré comme étant l'amour. L'amour, dans la mesure où on peut l'observer, fait partie du désir. N'allez pas trop vite. Nous avançons. L'amour est-il l'attachement ? Je suis attaché à mon (ou ma) petit(e) ami(e). Je possède. Mais l'attachement est-il l'amour ? Toute notre vie est fondée sur l'attachement — à la propriété, à une personne, à une croyance, à un dogme, au Christ, à Bouddha. Est-ce là l'amour ? Dans l'attachement, il y a la souffrance, la peur, la jalousie, l'angoisse. Où il y a attachement, y a-t-il amour ? Lorsque vous observez et que vous êtes intensément, profondément désireux de découvrir ce qu'est l'amour, l'attachement perd alors toute importance, toute valeur, parce que ce n'est pas cela, l'amour.

Ce n'est pas le désir. Ce n'est pas le souvenir. Ce n'est pas l'attachement. Il ne s'agit pas d'accepter ce que je vous dis. C'est ainsi. L'amour est-il le plaisir ? Cela ne veut pas dire qu'on n'a pas le droit de se tenir par la main. Le désir, voyez-vous, découle de la sensation. La sensation est attachée à la pensée, la pensée est attachée à la sensation, et de cette sensation naît le désir, et ce désir veut être satisfait, et nous appelons cela l'amour. Mais cela est-il l'amour ? L'attachement est-il l'amour ? Dans l'attachement il y a le conflit, l'incertitude, et plus grande est l'incertitude, plus grande est la peur de la solitude, plus vous vous attachez, plus vous devenez possessif, dominateur, autoritaire, exigeant, d'où le conflit au sein de la relation. Et vous pensez que ce conflit fait partie intégrante de l'amour. Nous posons la question : est-ce cela, l'amour ?

L'amour, est-ce le plaisir ? Le plaisir est le mouvement d'un souvenir évoqué. Ne mémorisez pas la phrase, écoutez simplement. Je me rappelle comme tu étais gentil et agréable, je me rappelle combien tu étais tendre, rassurant, fougueux, et je dis : « Mon chéri, je t'aime. » Est-ce cela, l'amour ? Faut-il pour autant renier le plaisir ? Il faut vous poser toutes ces questions. N'éprouvez-vous pas du plaisir à voir couler l'eau d'un torrent ? Quel mal y a-t-il dans ce plaisir ? Ne prenez-vous pas plaisir à regarder un arbre solitaire au milieu d'un champ ? N'avez-vous pas plaisir à contempler la lune au-dessus des montagnes, comme vous l'avez peut-être fait hier soir ? C'était un grand plaisir, n'est-ce pas ? Où est le mal ? Mais les ennuis commencent quand la pensée dit : « Que c'est beau, il faut que je le retienne, que je m'en souvienne, que je le vénère, que cela se reproduise. » Alors tout le mouvement du plaisir se met en marche. Et c'est ce plaisir que nous appelons l'amour.

La mère ressent cette douce affection pour son bébé, cette sensation de tenir tendrement dans ses bras. Est-ce cela, l'amour ? Ou bien fait-il partie de notre capital héréditaire ? Avez-vous vu les singes tenir leurs bébés dans leurs bras, l'éléphant prendre infiniment soin de son petit ? Nous avons peut-être hérité de ce réflexe instinctif envers un bébé — et alors : « C'est mon bébé. C'est mon sang, mes os, ma chair, je l'aime. » Mais si vous aimez à ce point votre bébé, vous veillerez à ce qu'il reçoive une bonne éducation, à ce qu'il ne soit jamais violent, qu'il ne se fasse jamais tuer ni qu'il ne tue jamais personne. Vous ne vous contentez pas de vous occuper de ce petit enfant jusqu'à l'âge de cinq ou six ans, pour le jeter après en pâture aux loups !

Est-ce donc l'amour que tout cela ? L'action « positive » consiste à dire : « Non, je ne vais plus jamais faire l'amour », « Je vais m'affranchir de tout attachement », « Je vais travailler sans relâche sur le problème de l'attachement ». Alors que l'action « négative » consiste à voir l'amour dans son intégralité, ce qui permet d'en avoir une vision lucide, instantanée, pénétrante. Alors vous saisirez que l'amour n'est rien de tout cela, mais que, parce qu'il y a l'amour, à partir de cet amour, toutes les relations se métamorphosent. Vous savez que les ascètes, les *sannyasi* en Inde, les moines en Europe et partout dans le monde, disent depuis toujours : « Pas de désir, pas de sexualité, ne regardez pas cette belle femme. Si vous le faites, pensez à elle comme si c'était votre sœur ou votre mère. Ou bien, si vous la regardez effectivement, concentrez votre esprit sur le divin. » Et intérieurement, ces hommes sont consumés de désir ! Extérieurement, ils le renient, mais intérieurement ils brûlent de désir. Et c'est ce qu'ils appellent la vie religieuse — ce qui signifie qu'ils sont dénués d'amour. Ils se font une idée de ce qu'est l'amour. Mais l'idée n'est pas l'amour. L'idée, le mot, n'est pas l'amour. Mais ce n'est que lorsque vous avez perçu le mouvement global du désir, de l'attachement, du plaisir, que, de cette perception profonde naît cette fleur étrange au fabuleux parfum. Voilà ce qu'est l'amour.

Bombay, le 31 janvier 1982

Que sommes-nous ? En dehors du nom, de la forme, du compte en banque que nous avons peut-être — avec de la chance — ou de certaines compétences, que sommes-nous, en dehors de tout cela ? Ne sommes-nous pas des êtres souffrants ? Ou la souffrance n'existe-t-elle pas dans votre vie ? Y a-t-il, dans cette vie, de la peur ? De l'angoisse, de l'avidité, de l'envie ? Vénérons-nous une image créée par la pensée ? Par peur de la mort, nous accrochons-nous à quelque concept ? Ne vivons-nous pas dans la contradiction, disant une chose et en faisant une autre ? Nous sommes tout cela. Nos habitudes, nos inepties, le bavardage incessant qui agite notre esprit, tout cela, c'est ce que nous sommes. C'est le contenu de la conscience qui constitue celle-ci, et cette conscience n'a cessé d'évoluer au fil du temps, à travers une succession d'expériences extraordinaires, de douleurs et de souffrances sans pareilles. Est-il possible de se libérer de tout cela, de tout ce sentiment de peur ? Car partout où elle est, la peur exclut l'amour. Nulle sensibilité ne peut exister en présence d'une activité égocentrique permanente, or sans cette sensibilité, il n'y a point d'amour. Et il n'y a point d'amour en l'absence de beauté. La beauté n'existe que dans la floraison du bien.

Examinons ce qu'est la beauté — il ne s'agit pas de la beauté de la forme, qui a pourtant aussi son agrément, comme la beauté d'un bel arbre, d'un pré verdoyant, d'une montagne dont la majesté tranche sur le ciel bleu, la beauté d'un coucher de soleil, d'une fleur solitaire poussant entre les pavés. Nous ne sommes pas emportés par le romantisme ou l'émotion, nous cherchons ensemble à élucider la nature de la beauté. Ce sens de la beauté est-il présent dans votre vie, ou menez-vous une existence médiocre, dénuée de sens, qui n'est que lutte perpétuelle du matin au soir ? Qu'est-ce que la beauté ? La question n'est pas d'ordre sensuel, elle n'est pas non plus d'ordre sexuel. C'est une question très sérieuse, car si la beauté n'est pas là, dans votre cœur, vous ne pouvez pas vous épanouir dans le domaine du bon, du bien, du juste. Avez-vous déjà contemplé une montagne, ou une mer bleue, sans bavarder, sans faire de bruit, mais en étant vraiment attentif à la mer d'azur, à la beauté de l'eau, à la beauté de la lumière jouant sur la surface liquide ? Lorsque vous voyez l'extraordinaire beauté de la terre, avec ses fleuves, ses lacs, ses montagnes, que se passe-t-il en réalité ? Que se passe-t-il quand votre regard se pose sur un objet, que vous avez sous les yeux une chose d'une beauté réellement merveilleuse — une statue, un poème, un nénuphar sur le bassin, ou une pelouse impeccablement soignée ? En cet instant, la majesté de la montagne fait que vous vous oubliez vous-même. Vous êtes-vous déjà trouvé dans cette situation ? Si c'est le cas, vous aurez constaté qu'alors vous n'existez plus, seule existe la grandeur. Mais quelques secondes, ou une minute plus tard, tout le cycle se met en route, la confusion, le bavardage. Donc, là où vous n'êtes point, la beauté est. Si vous ne percevez pas cela, c'est tragique. La vérité est, pourvu que vous ne soyez point. Là où vous n'êtes point, l'amour est. Nous sommes incapables de regarder en face cette chose extraordinaire qui s'appelle la vérité.

L'homme peut-il mettre fin à la souffrance, pas seulement à la souffrance individuelle, mais à celle de toute l'humanité ? Songez à tous les hommes, à toutes les femmes, blessés, mutilés dans des milliers de guerres. La souffrance est là, partout dans le monde — il y a la souffrance globale, et votre souffrance propre : les deux ne sont pas séparées. Je vous en prie, voyez-le bien. Il se peut que je souffre parce que mon fils est mort. Je suis aussi conscient du fait que mon voisin a perdu sa femme. C'est la même chose dans le monde entier. Cela se passe ainsi depuis des millénaires, depuis des milliers et des milliers d'années, et jamais nous n'avons été capables de résoudre ce problème. Cette souffrance pourra-t-elle jamais finir, ou est-ce dans la condition humaine que de voir la souffrance continuer, depuis le fond des âges, jusqu'à la fin des temps ? Si vous acceptez que cela fasse partie de la condition humaine — j'espère bien que non — alors vous continuerez à souffrir sans fin. On s'y habitue, comme le font la plupart d'entre nous. Mais si vous refusez d'accepter cela, quelle est votre position ? Allez-vous prendre le temps de mettre fin à cette souffrance ? Vous êtes le passé, le présent et le futur. Vous *êtes* cela. Vous êtes maître du temps, et vous pouvez raccourcir le temps ou le rallonger. Si vous êtes violent, et que vous disiez : « Je vais devenir non violent », cela a pour effet d'étirer le temps. Pendant cet intervalle de temps, vous ne cessez d'être violent, et ce genre d'activité n'a jamais de fin. Si vous réalisez que vous êtes maître du temps, que le temps est entre vos mains, ce qui est une découverte capitale, cela veut dire que vous affrontez la violence en tant que fait. Vous ne vous lancez pas à la recherche de la non-violence, mais vous faites face à cette violence de fait et, dans cette observation, le temps n'existe plus du tout, car dans cette observation il n'y a plus ni l'observateur ni toute la somme du passé accumulé, il n'y a que pure observation. Là, le temps n'a plus cours.

Est-ce que vous vivez cela, en ce moment même ? Tandis que l'orateur parle de tout cela, en voyez-vous vraiment la vérité, et en faites-vous donc l'expérience ? Supposons que j'aie une certaine habitude, physique ou psychologique : cette habitude peut-elle cesser immédiatement ? Ou bien me faudra-t-il du temps pour y mettre fin ? Supposons que vous fumiez : pouvez-vous mettre fin à cette habitude immédiatement ? Le sentiment de manque qu'a le corps privé de nicotine est différent de la perception que vous avez d'être maître du temps. Il vous est possible d'abréger le temps, donc cette perception-là n'a rien à voir avec la décision de ne plus fumer.

Voyez-vous, ce n'est que lorsqu'on met fin à la souffrance que surgit la passion. La passion n'est pas le désir. Le désir est sensuel, sexuel, c'est une soif, qui s'abreuve d'images, de quête du plaisir, et ainsi de suite. La passion nous fait cruellement défaut. Elle est pourtant indispensable pour pouvoir créer — non pas procréer des bébés, mais pour créer dans le monde un univers différent, des individus différents, pour changer la société dans laquelle on vit. Sans cette formidable passion, on devient un être médiocre, mou, confus, qui ne connaît pas la complétude.

Mon fils est mort : je souffre. Je verse des larmes. Je me rends dans tous les temples du monde. J'avais mis dans ce fils tous mes espoirs, et il n'est plus. Et j'ai en moi l'ardent désir qu'il continue de vivre quelque part, ailleurs, et j'espère le retrouver dans une autre vie, ou en quelque autre lieu. Nous jouons tous sans cesse à ce jeu-là. La souffrance est excessivement douloureuse. Les larmes, le soutien que m'apportent les autres, la consolation que je recherche afin d'éloigner la douleur, n'apportent aucune solution à cette douleur, à cet immense sentiment de solitude. M'est-il donc possible de le regarder, de demeurer en sa présence, sans le plus petit mouvement de fuite, sans chercher la moindre bribe d'explication à la mort de mon fils ? Sans recourir à la réincarnation ou quoi que ce soit d'autre, puis-je soutenir complètement, absolument, la présence de ce sentiment de grande douleur ? Que se passe-t-il alors ?

J'espère que vous vivez cela avec l'orateur. Ne vous contentez pas d'écouter. Vous ne faites ici l'objet d'aucune directive. Cela n'a rien d'un jeu intellectuel : il s'agit de votre existence, de votre vie quotidienne. L'être aimé peut s'en aller ; et puis il y a la jalousie, l'angoisse, la haine. Ainsi va notre vie, et nous souffrons.

Si mon fils est mort, je ne peux pas supporter l'idée qu'il soit parti. Puis-je, en l'absence de tout sentiment, de toute émotion, demeurer avec cette douleur, rester face à face avec cette douleur de la solitude ? Nous savons, pour la plupart, ce qu'est la solitude. Cette solitude naît lorsqu'on est totalement à l'écart de toute relation. Soudain, même parmi la foule, on se sent totalement seul, isolé. Cela fait partie de la solitude que de faire la découverte d'un pareil état. Quand mon fils meurt, je me retrouve seul. Puis-je regarder cette solitude, observer cette solitude, sans qu'intervienne aucun souvenir passé, observer sans l'observateur ? Nous allons parler de tout cela.

Lorsqu'on est en colère, dans le feu même de la colère, qui est une réaction, il n'y a ni observateur ni chose observée. L'avez-vous remarqué ? Il n'y a rien d'autre que cette réaction nommée colère. Quelques minutes ou quelques secondes après, l'observateur dit : « Tiens, je me suis mis en colère. » L'observateur se dissocie donc de sa colère, et dit ensuite : « J'étais en colère. » Or l'observateur n'est autre que ce qu'il observe. La colère n'est pas différente de moi : je suis la colère. Je suis l'avidité. Je suis effrayé. Je suis tout cela. Mais la pensée dit : « Il faut que je maîtrise la peur, il faut que je lui échappe » ; la pensée crée alors l'observateur en tant qu'entité distincte de la chose observée. Mais la colère, c'est vous, elle n'est pas différente de vous. De même, lorsque j'ai perdu mon fils, je suis dans cet état, à observer sans le moindre mouvement de la pensée, c'est-à-dire que j'accorde une attention sans faille à cette chose qu'on appelle « douleur », à cette chose qu'on appelle « solitude », source d'un tel désespoir, d'une telle activité névrotique. Suis-je capable de rester en présence de cet intense sentiment de chagrin, de souffrance, de choc, sans le moindre mouvement, sans la plus petite ombre de pensée ? Ce qui revient à lui accorder une attention totale, absolue. La chose est impossible si vous essayez de fuir la souffrance — ce qui est un gaspillage d'énergie. Mais si au contraire toute votre attention reste mobilisée, alors toute l'énergie est focalisée sur un point que vous appelez la souffrance. Lorsque vous faites cela, vous comprenez la signification globale, la profondeur et la beauté de ce fait si extraordinaire. Et alors cesse la souffrance. Lorsque cesse toute souffrance, naît la passion. Et avec la fin de la souffrance, advient l'amour.

Qu'est-ce que l'amour ? Vous l'êtes-vous jamais demandé ? Avez-vous déjà demandé à votre mari ou à votre femme ce qu'est l'amour ? Vous n'osez pas ! Aimez-vous quelqu'un, qui que ce soit ? Savez-vous ce que cela veut dire ? L'amour est-il le désir ? Est-il le plaisir ? L'amour est-il l'attachement ? Songez à tout cela. L'amour est-il la jalousie ? Ou bien l'amour se réduit-il de nos jours à l'acte sexuel ? Nous allons tous ensemble voir quelle est la qualité qui caractérise un cerveau ou un esprit aimant. Aimez-vous vos enfants, ou percevez-vous comme un devoir vos responsabilités envers eux ? Vous êtes-vous jamais demandé si vous aimiez oui ou non vos enfants ? Vous allez forcément dire : « Mais oui, bien sûr », mais nous posons très sérieusement la question. Si vous aimiez vos enfants, voudriez-vous qu'ils soient comme vous ? Ou voudriez-vous qu'ils soient totalement différents de ce que vous êtes ? Avez-vous envie qu'ils prennent votre suite, sur le plan de la profession ou des affaires ? Souhaitez-vous, parce que vous êtes industriel, que votre fils le devienne à son tour ? Ou bien votre préoccupation est-elle de le voir s'épanouir dans le bien, fleurir dans la beauté ? Ou bien le préparez-vous à faire la guerre, à tuer et à être tué ? Je sais que vous allez dire : « Nous ne pouvons pas faire autrement que d'être ce que nous sommes. Il en va de même pour nos enfants. Nous les envoyons à l'école, et c'est terminé. » Tout ce que vous voulez, c'est qu'ils se marient, qu'ils se rangent — comme vous l'avez fait —, qu'ils s'installent dans la médiocrité, avec ce manque d'intégrité qui fait qu'on dit une chose et qu'on en fait une autre, qu'on fréquente le temple, et qu'on est un excellent avocat. Tout cela n'est qu'un tissu de contradictions. Voulez-vous que vos enfants soient comme cela ? Si vous les aimiez, agiriez-vous ainsi ?

L'amour existe-t-il quelque part dans le monde ? L'amour est-il la jalousie ? Est-il l'attachement ? Si je suis attaché à ma femme, quelle tragédie, ne croyez-vous pas ? Qu'implique cet attachement ? S'agit-il là d'amour ? Si je tiens à elle, je dépends d'elle, à la fois physiquement et psychologiquement ; elle m'aide, je l'aide, j'ai peur qu'elle ne me quitte. Je suis angoissé à l'idée qu'elle puisse me quitter. Elle n'a pas le droit de regarder un autre homme, elle doit me rester fidèle. Je dois la posséder, la dominer. Et elle désire être possédée et dominée. Est-ce l'amour, lorsqu'il y entre tant de peur, de jalousie, de haine, d'antagonisme ? Tout cela, est-ce bien l'amour ?

Rejeter, nier tout ce qui n'est pas l'amour — c'est cela l'amour. Donc, nous renions totalement la jalousie, l'attachement, nous refusons toute forme de possessivité. Et de cette « négation », de cette élimination totale surgit l'amour. Par la négation, on arrive au positif. Et la chose positive entre toutes est l'amour. L'un des aspects étranges de l'amour est que, quoi que vous fassiez, vous agirez toujours avec justesse si vous aimez. Quand l'amour est là, l'action est toujours juste, en toutes circonstances. Et lorsqu'il y a cette qualité d'amour, la compassion est là. Compassion signifie passion envers toute chose. La compassion, pas plus que l'amour, ne peut exister si vous appartenez à une secte, un groupe, ou une religion officielle. La compassion ne naît que lorsqu'on s'est libéré de tout cela. Et cette compassion a sa propre intelligence, extraordinaire, sans limites. Lorsqu'il y a l'amour, il y a la beauté. L'amour et la compassion, avec leur intelligence — c'est cela, la vérité éternelle, infinie. A cette vérité il n'est point de chemin — ni le Karma, ni le yoga, ni le Bhakti-yoga, etc., n'y donnent accès —, il n'existe aucun chemin menant à la vérité. Mais lorsqu'il y a cet immense sentiment de compassion qui advient quand cesse la souffrance, alors, et alors seulement, *ce qui est* est la vérité.

Face à un jeune auditoire en Inde : extrait de Face à la vie

Parlons un peu de l'amour ; tâchons de découvrir si ce mot et ce sentiment — qui a une telle importance pour chacun de nous — ne cacheraient pas aussi une certaine part d'appréhension, d'angoisse, et ce que les adultes appellent la solitude.

Savez-vous ce qu'est l'amour ? Aimez-vous votre père, votre mère, votre frère, votre professeur, votre ami ? Quand vous dites que vous aimez vos parents, qu'est-ce que cela signifie ? Que vous vous sentez en sécurité auprès d'eux, que vous êtes à l'aise avec eux. Vos parents vous protègent, vous donnent de l'argent, vous logent, vous nourrissent, vous habillent, et vous avez le sentiment d'avoir avec eux des liens très proches, n'est-ce pas ? Vous avez aussi — ou vous n'avez pas — le sentiment que vous pouvez leur faire confiance. Vous ne leur parlez sans doute pas avec autant de liberté et de plaisir qu'à vos camarades. Mais vous les respectez, ils vous guident, vous leur obéissez, et avez envers eux un certain sens de responsabilité, vous estimez que vous devez les secourir lorsqu'ils seront devenus vieux. De leur côté ils vous aiment, ils veulent vous protéger, vous guider, vous aider — du moins, c'est ce qu'ils disent. Ils souhaitent vous marier un jour, pour que vous meniez une vie dite morale, sans histoires, afin d'avoir un mari pour vous protéger, ou une femme pour faire la cuisine et s'occuper des enfants. C'est tout cela qu'on appelle l'amour, n'est-ce pas ?

Nous ne pouvons pas dire immédiatement en quoi consiste l'amour, car il n'est pas aisé de l'expliquer avec des mots. Il se laisse difficilement approcher. Pourtant, sans amour la vie est si stérile ; sans lui, les arbres, les oiseaux, les sourires des hommes et des femmes, le pont qui traverse le fleuve, les bateliers et les animaux, n'ont pas de sens. Sans amour, la vie est comme une mince flaque d'eau. Un fleuve profond regorge de richesses, et de nombreux poissons peuvent y vivre, mais la petite flaque d'eau est vite tarie par le soleil ardent, et d'elle il ne reste bientôt plus que boue et que poussière.

Pour la plupart d'entre nous, l'amour est une chose extrêmement difficile à comprendre parce que nos vies sont très creuses. Nous voulons être aimés, et nous voulons aussi aimer, mais derrière cette envie se cache une peur toujours aux aguets. N'est-il donc pas essentiel que chacun d'entre nous découvre ce qu'est réellement cette chose extraordinaire ? Et nous ne pouvons la découvrir que si nous sommes conscients de la façon dont nous considérons les êtres humains, les arbres, les animaux, ou un étranger, ou celui qui a faim. Nous devons prendre conscience du regard que nous portons sur nos amis, sur notre gourou, si nous en avons un, sur nos parents.

Lorsque vous dites : « J'aime mon père et ma mère, j'aime mon tuteur, mon professeur », qu'est-ce que cela signifie ? Lorsque vous éprouvez un immense respect envers certaines personnes, supérieures à vos yeux, que vous sentez qu'il est de votre devoir de leur obéir, et qu'elles attendent en retour votre obéissance, est-ce de l'amour ? L'amour peut-il comporter de l'appréhension ? Il va de soi que si vous placez quelqu'un au-dessus de vous, d'autres, à vos yeux, sont au-dessous de vous, n'est-ce pas ? Est-ce donc cela, l'amour ? Quand on aime, a-t-on le sentiment que certains sont au-dessus, d'autres au-dessous, et qu'on doit obéir ?

Lorsque vous dites que vous aimez quelqu'un, au fond de vous, n'êtes-vous pas, intérieurement, sous sa dépendance ? Tant que vous êtes très jeunes, il est naturel que vous dépendiez de votre père, de votre mère, de votre professeur ou de votre tuteur. Vous avez besoin qu'on s'occupe de vous, besoin d'être nourris, logés, vêtus. Vous avez besoin de vous sentir rassurés, de savoir que quelqu'un veille sur vous. Mais que se passe-t-il en général ? Avec l'âge, ce sentiment de sujétion persiste. Ne l'avez-vous pas remarqué chez les adultes, chez vos parents, vos professeurs ? N'avez-vous pas remarqué à quel point ils sont dépendants émotionnellement de leur femme ou de leur mari, de leurs enfants, ou de leurs propres parents ? La plupart des gens, même à l'âge adulte, s'accrochent toujours à quelqu'un, sont toujours dépendants. S'ils n'ont pas quelqu'un sur qui s'appuyer, quelqu'un pour les réconforter, les rassurer, ils se sentent seuls. Ils se sentent perdus. Cette sujétion est ce qu'on appelle l'amour ; mais si l'on y regarde de plus près, on voit bien que c'est de la peur, et non de l'amour.

La plupart des gens ont peur de s'assumer seuls ; ils ont peur de penser par eux-mêmes, d'aller au fond des choses, d'explorer et de découvrir le sens profond de l'existence. Ils disent alors qu'ils aiment Dieu, et s'en remettent à ce qu'ils appellent Dieu ; mais ce Dieu est une création de leur esprit, ce n'est pas Dieu, ce n'est pas l'inconnaissable.

On agit de la même façon par rapport aux idéaux et aux croyances. Je crois en quelque chose, ou je m'accroche à un idéal, ce qui me rassure énormément ; retirez l'idéal, retirez la croyance, et je suis perdu. Il en va de même avec un gourou. Je suis dépendant parce que j'ai besoin de recevoir, c'est pourquoi la peur me ronge. La même situation se reproduit lorsqu'on dépend de ses parents ou de ses professeurs. Il est juste et naturel d'agir de la sorte quand on est encore jeune ; mais si, à l'âge adulte, la dépendance persiste, on devient incapable de penser librement. La dépendance va de pair avec la peur, la peur va de pair avec la soumission à l'autorité, ce qui exclut l'amour. Lorsque vos parents vous ordonnent d'obéir, de vous soumettre à des traditions, d'exercer exclusivement un certain métier, ou de ne faire qu'un certain type de travail — il n'y a pas là le moindre amour. Et il n'y a pas d'amour dans votre cœur lorsque vous êtes tributaire de la société, en ce sens que vous acceptez sa structure telle qu'elle est, sans la remettre en cause.

Les ambitieux, hommes ou femmes, ne savent pas ce qu'est l'amour, et nous sommes dominés par des ambitieux. Voilà pourquoi il n'y a pas de bonheur dans ce monde, et voilà pourquoi il est si important qu'en grandissant vous perceviez et compreniez bien tout cela, et que vous appreniez vous-même à savoir s'il est possible de découvrir ce qu'est l'amour. Vous aurez peut-être une belle situation, une maison superbe, un splendide jardin, et des vêtements somptueux ; vous pourrez même devenir Premier ministre... Mais sans amour, rien de tout cela n'a de sens.

C'est donc dès maintenant — sans attendre d'être vieux, car il est alors trop tard pour découvrir quoi que ce soit — que vous devez commencer à découvrir ce que vous éprouvez vraiment dans vos rapports avec vos parents, avec vos professeurs, avec votre gourou. N'acceptez pas le mot amour, ou tout autre mot, mais allez plus loin que le sens apparent des mots, pour voir ce qu'est la réalité effective — la réalité étant ce que vous sentez réellement, et non ce que vous êtes censé ressentir. Si vous êtes vraiment jaloux ou en colère, dire : « Je ne dois pas être jaloux, être en colère », n'est qu'un souhait irréel. Ce qui compte, c'est de voir en toute honnêteté et en toute lucidité ce qu'on éprouve au moment même — sans faire intervenir l'idéal de ce qu'on « devrait » éprouver, ou de ce qu'on éprouvera à une date ultérieure — car c'est sur le moment qu'on peut agir. Mais dire : « Je dois aimer mes parents, je dois aimer mes maîtres », n'a pas de sens. Car vos sentiments réels sont tout autres, et ces mots deviennent un écran derrière lequel vous vous cachez.

N'est-ce donc pas la voie de l'intelligence que de voir ce qui se cache derrière la définition communément admise des mots ? Des mots comme devoir, responsabilité, Dieu, amour, ont acquis un sens traditionnel ; mais une personne intelligente, éduquée, voit plus loin que les mots ; par exemple, si quelqu'un vous disait qu'il ne croit pas en Dieu, cela vous choquerait, n'est-ce pas ? Vous diriez : « Mais quelle horreur ! » parce que vous croyez en Dieu — en tout cas vous le pensez. Mais croire ou ne pas croire ne veut pas dire grand-chose. L'important pour vous, c'est de voir ce qui se cache derrière le mot amour, de savoir si vous aimez réellement vos parents, et si vos parents vous aiment réellement. Assurément, si vous et vos parents vous aimiez réellement, le monde serait tout à fait différent. Il n'y aurait pas de guerres, pas de famines, pas de différences entre classes sociales. Il n'y aurait ni riches ni pauvres. Voyez-vous, on veut, sans amour, réformer la société économiquement, la rendre plus juste, mais tant que nos cœurs seront dépourvus d'amour, on ne pourra pas supprimer de la structure sociale les conflits et la misère. Voilà pourquoi nous devons approfondir très soigneusement ces questions, et peut-être alors saurons-nous enfin ce qu'est l'amour.

Interlocuteur : Pourquoi y a-t-il de la souffrance et de la misère dans le monde ?

Krishnamurti : Je me demande si ce garçon sait ce que veulent dire ces mots. Peut-être a-t-il vu un âne trop chargé, dont les pattes semblaient être sur le point de se briser, ou un autre garçon pleurer, ou une mère battant son enfant. Peut-être a-t-il vu des grandes personnes se disputer. Et il y a la mort, le corps que l'on emporte pour le brûler ; il y a le mendiant ; il y a la pauvreté, la maladie, la vieillesse ; il y a de la douleur hors de nous mais aussi en nous ; et il demande : « Pourquoi la souffrance existe-t-elle ? » Ne voulez-vous pas le savoir, vous aussi ? Ne vous êtes-vous jamais demandé quelle est la cause de votre propre souffrance ? Qu'est-ce que la souffrance, et pourquoi existe-t-elle ? Si je veux quelque chose et que je ne peux pas l'obtenir, je me sens malheureux ; si je veux plus de saris, ou plus d'argent, plus de beauté, et que je n'arrive pas à obtenir ce que je veux, je suis malheureux. Si j'ai envie d'aimer une personne qui ne m'aime pas, là aussi je suis malheureux. Si mon père meurt, je souffre. Pourquoi ?

Pourquoi sommes-nous malheureux quand nous n'arrivons pas à obtenir ce que nous désirons ? Mais pourquoi devrions-nous obtenir tout ce que nous désirons ? Pensons-nous, peut-être, que c'est notre droit ? Mais nous demandons-nous jamais pourquoi nous aurions le droit d'avoir tout ce que nous voulons, quand des millions d'autres n'ont pas même le strict nécessaire ? D'ailleurs, pourquoi voulons-nous tout cela ? Certes, nous avons tous besoin de nourriture, de vêtements, d'un toit, mais cela ne nous suffit pas. Nous voulons beaucoup plus que cela. Nous voulons réussir dans la vie, être respectés, aimés, considérés, être puissants, être un poète, un saint, un orateur célèbre, Premier ministre ou président. Pourquoi ? Vous l'êtes-vous jamais demandé ? Pourquoi voulons-nous tout cela ? Non qu'il faille être satisfait de ce qu'on est. Ce n'est pas ce que je veux dire. Ce serait affreux et stupide. Mais pourquoi vouloir toujours plus ? Ce désir indique qu'on est insatisfait, mécontent. Mais de quoi ? De ce que l'on est ? « Je suis ceci, cela me déplaît, je voudrais être cela. » « Je crois que je serais plus jolie dans un nouveau manteau ou un nouveau sari, donc il me le faut. » Cela veut dire que je ne suis pas satisfait de ce que je suis, et je crois pouvoir fuir ce mécontentement en acquérant plus de vêtements, plus de pouvoir, etc. Mais l'insatisfaction est toujours là. Je n'ai fait que la camoufler sous des vêtements, sous le pouvoir, sous les voitures.

Nous devons donc découvrir et comprendre ce que nous sommes. Nous protéger derrière des possessions, derrière le pouvoir et le rang social, n'a aucun sens, car nous serons toujours malheureux. Si, quand on est malheureux, quand on souffre, on comprend cela, on ne court pas chez les gourous, on ne se cache pas derrière des possessions, ou le pouvoir. Au contraire, on cherche à savoir ce que cache la souffrance. Si l'on soulève le voile de sa propre souffrance, on s'aperçoit qu'on est tout petit, vide, limité, et qu'on fait des efforts pour « réussir », pour « devenir ». Cette lutte pour la réussite, le devenir est la cause de la souffrance. Mais si l'on commence à comprendre ce que l'on est réellement, qu'on s'enfonce de plus en plus profondément dans cette perception, alors on s'apercevra que quelque chose de tout différent se produit.

I. : Si je sens que je peux secourir un homme démuni de tout, est-ce de l'ambition ou de l'amour ?

K. : Tout dépend de votre motif. En déclarant qu'il veut secourir les malheureux, le politicien s'en va à New Delhi[1], vit dans une vaste demeure, et fait étalage de sa vanité. Est-ce de l'amour ? Comprenez-vous ? Est-ce de l'amour ?

I. : Si je soulage sa misère grâce à mon aide, n'est-ce pas de l'amour ?

K. : Il a faim et vous lui procurez de la nourriture. Est-ce de l'amour ? Pourquoi voulez-vous le secourir ? N'avez-vous pas d'autre motif, pas d'autre mobile que le désir de lui venir en aide ? N'en obtenez-vous aucun bénéfice ? Pensez-y. Ne dites pas tout de suite oui ou non. Si vous en attendez un bénéfice, politique ou autre, matériel ou psychologique, c'est que vous n'aimez pas cet homme. Si vous le nourrissez par souci de popularité, ou dans l'espoir que vos amis vous aident à aller à New Delhi, alors ce n'est pas de l'amour. Mais si vous aimez ce malheureux, vous le nourrirez sans aucun autre motif, sans rien vouloir en échange. S'il se montre ingrat, en êtes-vous blessé ? Si vous l'êtes, c'est que vous

1. Siège du Parlement. La générosité du politicien cache donc des arrière-pensées électoralistes. (*N.d.T.*)

n'aimez pas. Si, devant tous les villageois, il vous dit que vous êtes un homme formidable, et que vous en soyez flatté, c'est que vous ne pensez qu'à vous-même ; et ce n'est certainement pas de l'amour. Il faut donc une lucidité aiguë pour découvrir si l'on tire un bénéfice quelconque de la charité dont on fait preuve, et pour comprendre quels motifs réels nous conduisent à nourrir ceux qui ont faim.

Saanen, le 18 juillet 1968 : extrait de Au seuil du silence

Pour explorer le plaisir, élément primordial de notre vie, il nous faut également comprendre ce qu'est l'amour et, ce faisant, nous découvrons forcément aussi ce qu'est la beauté. Trois choses sont donc en cause : le plaisir, la beauté, dont nous parlons beaucoup et qui nous touche beaucoup, et enfin l'amour — ce mot si galvaudé. Nous approfondirons la question pas à pas, avec patience mais aussi prudence, car de vastes pans de l'existence humaine sont concernés par ces trois phénomènes. Et avant de conclure : « Voilà ce qu'est le plaisir », ou : « Le plaisir est une chose à bannir », ou encore : « C'est cela, l'amour », « C'est cela la beauté », il faut, me semble-t-il, avoir une compréhension, une perception très claires de ce que sont la beauté, l'amour, le plaisir. Nous devons donc, si nous avons un brin de sagesse, éviter toute formule, toute conclusion, toute attitude préétablie concernant cet immense sujet. L'entrée en contact avec la vérité profonde de ces trois phénomènes n'est pas de l'ordre du raisonnement intellectuel, ni de la définition de mots, ni d'un vague sentiment mystique ou parapsychologique.

Pour la plupart d'entre nous, le plaisir et son expression comptent énormément. Toutes nos valeurs morales, ou presque, sont fondées sur le plaisir — immédiat ou ultime. Nos tendances tant héréditaires que psychologiques et nos réactions physiques et neurologiques se fondent sur le plaisir. Si l'on examine non seulement les valeurs et les jugements extérieurs affichés par la société, mais que l'on regarde aussi en soi-même, on ne peut que constater que le plaisir et sa valorisation sont la quête essentielle de notre vie. Nous pouvons lui résister, le sacrifier, l'assouvir ou le bannir, mais ce sentiment de plaisir, de satisfaction, de contentement, de gratification, finit toujours par l'emporter. S'exprimer, se réaliser, est une forme de plaisir ; et lorsque ce plaisir est gêné, contrarié, on a peur et cette peur rend agressif.

Faites-en l'observation en vous-même — ne vous fiez pas aux paroles, aux idées sans valeur. Vos lectures peuvent vous fournir des explications psychologiques, elles aussi sont sans valeur. Mais si nous menons ensemble cette enquête, pas à pas, alors vous verrez vous-même se révéler quelque chose d'inouï !

N'oubliez surtout pas que nous ne disons pas qu'il faut bannir le plaisir, ni que le plaisir c'est mal, comme le proclament, partout dans le monde, les différents groupes religieux. Nous ne disons pas qu'il faut le supprimer, le nier, le maîtriser, le traduire en termes plus nobles, et autres choses du même ordre. Nous ne faisons qu'examiner. Et si notre examen est très objectif, très profond, il en découle un état d'esprit fort différent, fait de félicité, et non pas de plaisir ; la félicité, c'est tout autre chose.

Nous savons ce qu'est le plaisir : c'est contempler une montagne magnifique, un bel arbre, voir la lumière sur un nuage poussé par le vent à travers le ciel, ou la beauté de cette rivière à l'eau si claire. Ce spectacle nous procure un grand plaisir, comme le fait un beau visage d'homme, de femme ou d'enfant. Nous connaissons tous le plaisir que l'on a à toucher, à goûter, à voir, ou écouter. Et lorsque ce plaisir intense est entretenu par la pensée, le contrecoup, si le plaisir escompté demeure insatisfait, sera l'agressivité, la rancœur, la colère, la haine — et donc la peur, dont on constate assez aisément l'évidence. C'est la pensée qui entretient l'expérience, qui ravive le plaisir de l'expérience vécue hier, qu'il ait été sensuel, sexuel, ou visuel. La pensée médite, remâche, évoque ce plaisir, créant une image ou une représentation qui l'entretient, le nourrit. La pensée alimente ce plaisir d'hier, le perpétue dans le présent et le futur. Prenez-en bonne note. Et quand ce plaisir soutenu par la pensée est contrarié, en raison de circonstances, d'obstacles divers, alors la pensée se révolte, elle transforme l'énergie en agressivité, en haine, en violence — ce qui est encore une autre forme de plaisir.

La plupart d'entre nous trouvent leur plaisir dans l'expression individuelle. Nous cherchons à nous exprimer, dans les petites choses comme dans les grandes. Le peintre cherche à s'exprimer dans ses tableaux, l'écrivain dans ses livres, le musicien à travers son instrument, et ainsi de suite. Cette expression du moi — qui est source d'un immense plaisir — est-elle la beauté ? Lorsqu'un peintre trouve son expression, il en retire un plaisir, une satisfaction immenses. Mais est-ce la beauté ? Et lorsque les mots, la toile, ne sont que le pâle reflet des sentiments de leur auteur, se pourrait-il que son mécontentement soit une autre forme de jouissance ?

La beauté, est-ce donc le plaisir ? La beauté se transmet-elle à travers l'expression personnelle ? L'amour est-il le plaisir ? L'amour est pratiquement devenu, de nos jours, synonyme de sexualité, avec toutes ses formes d'expression, et tout ce que cela suppose — la faculté de s'oublier soi-même, etc. Lorsque la pensée retire un immense plaisir d'un objet quelconque, est-ce l'amour ? Lorsqu'il est freiné, le plaisir devient jalousie, colère et haine. Il mène à la domination, à la possession, à la dépendance, et par conséquent à la peur. D'où notre question : le plaisir, est-ce l'amour ? L'amour, est-ce le désir sous toutes ses formes subtiles — soif de sexe, soif de compagnie, soif de tendresse, soif d'oubli ? Tout cela est-il l'amour, et si tel n'est le cas, qu'est-ce, alors, que l'amour ?

Si vous avez observé votre propre esprit en action, si vous comprenez l'activité même du cerveau, vous verrez que depuis les temps les plus reculés, l'homme est à la recherche du plaisir. L'observation des animaux vous révélera la formidable importance du plaisir, vous constaterez cette recherche du plaisir, et l'agressivité, quand ce plaisir est contrarié.

Nous sommes ainsi faits : nos jugements, nos valeurs, nos exigences sociales, nos relations, tout est fondé sur ce principe essentiel de plaisir, et ses formes d'expression. Et quand celui-ci est entravé, contrôlé, gauchi, interdit, viennent alors la colère, l'agression — qui deviennent une autre forme de jouissance.

Quel lien y a-t-il entre le plaisir et l'amour ? Le plaisir a-t-il, en réalité, un quelconque lien avec l'amour ? Ou bien l'amour est-il autre chose ? Une chose qui n'est pas fragmentée, scindée en deux par la société, par la religion, qui opposent amour profane et amour sacré ? Comment savoir — et ce, par vos propres moyens, et non pas par ouï-dire ? Si quelqu'un vous dit ce qu'est l'amour, et que vous acquiesciez, la découverte ne vous appartient pas, elle ne vient pas de vous, elle ne vous touche pas profondément.

Quel rapport y a-t-il entre le plaisir de s'exprimer, et la beauté, l'amour ? Le scientifique, le philosophe, le technicien doivent connaître la vérité des choses. Pour un être humain aux prises avec la vie quotidienne, qui doit gagner sa vie, qui a une famille, etc., la vérité est-elle statique ? Ne découvre-t-on pas plutôt, en chemin, une vérité qui n'est jamais fixe, jamais permanente, mais toujours en mouvement ? La vérité n'est pas un phénomène intellectuel, ce n'est pas une question d'émotions, une affaire sentimentale. Et nous devons faire toute la vérité sur le plaisir, sur la beauté, et sur la vraie nature de l'amour.

Nous n'ignorons rien du supplice de l'amour, de la dépendance ou de la peur qu'il suscite, de la solitude du mal aimé, et de la quête perpétuelle de l'amour à travers toutes sortes de relations, qui ne nous comblent jamais tout à fait. Alors, se demande-t-on, l'amour est-il une satisfaction et, en même temps, un supplice où l'on est cerné de toutes parts par la jalousie, l'envie, la haine, la colère, la dépendance ?

Quand le cœur est vide de beauté, on va au concert, au musée. On s'émerveille devant un temple grec aux splendides colonnes, aux proportions parfaites, sur un fond de ciel bleu. On parle interminablement de la beauté, mais l'homme moderne a perdu contact avec la nature, et vit de plus en plus dans des villes. Il se crée des associations ayant pour but d'observer les oiseaux, les arbres, les rivières, comme si, en s'inscrivant dans un groupe, on allait toucher de près la nature, et entrer en contact avec cette immense beauté ! C'est parce que nous avons rompu le contact avec la nature que les tableaux, les musées et les concerts ont pris une telle importance.

Il y a en nous un vide, un sentiment de vacuité qui tend toujours vers l'expression personnelle et le plaisir, et qui suscite la peur de ne pas pouvoir les assouvir complètement, d'où une résistance, une agressivité. Nous nous efforçons de combler ce vide intérieur, cette vacuité, ce sentiment d'isolement total et de solitude — que vous avez déjà éprouvé, j'en suis sûr — par les livres, le savoir, les relations, et toutes formes d'artifices ; mais, au bout du compte, il y a toujours ce vide impossible à remplir. Nous nous tournons alors vers l'ultime recours — Dieu. Tant qu'existe cette vacuité, ce sentiment d'un vide insondable, la beauté, l'amour sont-ils possibles ? Si l'on a conscience de ce vide, et qu'on n'arrive pas à lui échapper, que faire alors ? Pour le combler, on a tout essayé — les dieux, le savoir, l'expérience, la musique, les tableaux, et toutes sortes de moyens technologiques d'information ; et cela nous occupe du matin au soir. Lorsqu'on réalise que personne ne peut combler ce vide, on voit l'importance du problème. Si vous cherchez à le combler grâce à ce qu'on appelle une relation avec une autre personne, ou avec une image, il s'ensuit une dépendance, la peur de perdre, puis une possessivité agressive et de la jalousie, avec toutes leurs conséquences. Alors, se demande-t-on, ce vide pourra-t-il jamais être comblé par quoi que ce soit ? Par une activité sociale, de bonnes œuvres, la vie monastique, la méditation, les pratiques visant à affiner notre conscience ? Quelle absurdité ! S'il est impossible de le combler, que faire alors ? Comprenez-vous l'importance de cette question ? Malgré nos efforts, rien ne réussit à combler ce vide : ni ce qu'on appelle le plaisir, ni l'expression personnelle, ni la recherche de la vérité, ni Dieu ; pas plus que l'image que l'on se fait de soi-même, celle qu'on s'est créée du monde, nos idéologies — rien n'y fait. On s'est donc servi de la beauté, de l'amour et du plaisir pour masquer ce vide ; mais si l'on cesse de vouloir lui échapper, et qu'on demeure avec lui, que va-t-il nous arriver ?

Qu'est-ce donc que cette solitude, ce sentiment d'un immense vide intérieur ? Qu'est-il, et pourquoi se manifeste-t-il ? Serait-ce parce que nous voulons le fuir, nous en évader, qu'il existe ? Serait-ce parce qu'il nous fait peur ? N'est-ce en fait qu'une notion abstraite du vide, auquel cas l'esprit n'est jamais en contact, jamais en relation directe avec ce qui est réellement ?

Je découvre cette vacuité en moi et je cesse de fuir, car c'est un acte tellement puéril. J'ai conscience de ce vide, il est là, et rien ne peut le remplir. Et je me demande : comment est-il né ? Toute mon existence, toutes mes activités quotidiennes, toutes mes théories, etc. — tout cela en serait-il la cause ? Serait-ce que l'ego, le « moi » — peu importe le terme — ne cesse de s'isoler dans toutes ses activités ? Le « moi », l'ego, de par sa nature même, nous isole, nous divise. Toutes ces activités ont créé en moi cet état d'isolement, de vacuité profonde — ce vide est donc un résultat, une conséquence, et non un état naturel. Je vois que tant que mon activité restera axée sur l'ego et l'expression de l'ego, ce vide sera inévitable ; je vois aussi que, pour le combler, je fais des efforts de toute sorte, ce qui est, là encore, d'ordre égocentrique — et le vide se fait de plus en plus vaste, de plus en plus profond.

Est-il possible de transcender cet état ? Pas en voulant s'en évader, ni en disant : « Je ne serai plus égoïste. » Dire cela, c'est déjà être égoïste. Lorsqu'on mobilise sa volonté pour contrer l'activité de l'ego, cette volonté même est facteur d'isolement.

Siècle après siècle, l'esprit a été conditionné à exiger une sécurité, à vouloir être rassuré ; il s'est forgé, physiologiquement et psychologiquement, un mode d'activité égocentrique ; et cette activité envahit la vie quotidienne — c'est ma maison, mon travail, mon bien : voilà l'origine de ce vide, de cet isolement. Comment cette activité peut-elle prendre fin ? Est-ce envisageable, ou ne faudrait-il pas plutôt ignorer cette activité, et insuffler à l'esprit une qualité d'une tout autre nature ?

Donc, ce vide, je le vois, je vois comment il est né, je me rends compte que la volonté ou toute autre activité tendant à faire disparaître le facteur responsable de cette vacuité n'est qu'une autre forme d'activité égocentrique. Je vois tout cela très lucidement, très objectivement, et je réalise soudain que je ne peux rien y faire. Auparavant, j'essayais d'agir, en fuyant ce vide ou en tentant de le combler, de le comprendre, de l'examiner, toutes choses qui ne sont que d'autres formes d'isolement. Mais je réalise soudain qu'il n'y a rien à faire, que plus j'agis, plus je dresse un mur d'isolement. L'esprit lui-même réalise qu'il ne peut rien faire, que la pensée est impuissante, car toucher à cette vacuité, c'est l'engendrer de nouveau. Ainsi, en observant avec le maximum de soin et d'objectivité, je perçois tout ce processus, et cette perception fine et aiguë suffit en soi. Voyez ce qui s'est produit : je gaspillais auparavant beaucoup d'énergie à m'agiter en tout sens, mais à présent j'en vois l'absurdité — l'esprit saisit très clairement à quel point c'est absurde. Donc, je ne gaspille plus aucune énergie. La pensée se calme, se tait, l'esprit devient tout à fait immobile : tout étant décrypté, le silence s'installe. Dans ce silence, il n'est point de solitude. Avec ce silence, ce silence total de l'esprit, viennent la beauté et l'amour — qui peuvent s'exprimer, ou s'abstenir de toute expression.

Avons-nous accompli ensemble ce voyage ? Ce dont nous parlons est une entreprise des plus ardues et des plus dangereuses, car pour peu que vous soyez névrosé — et nous le sommes tous ou presque — alors les choses deviennent laides et compliquées. C'est un problème immensément complexe, mais lorsqu'on le regarde de près, il devient très, très simple, or cette simplicité même induit à penser qu'on a tout compris.

Il y a donc la félicité — qui se situe bien au-delà du plaisir ; il y a la beauté, qui n'est pas l'expression d'un esprit habile, mais qui est la beauté propre à l'esprit qui est parfaitement silencieux. Il pleut, on entend tambouriner les gouttes d'eau. Vous pouvez écouter avec l'oreille, ou bien à partir de cet immense silence qui s'est fait en vous. Si vous écoutez la pluie à partir de ce silence total de votre esprit, la beauté en est telle qu'aucun mot, aucune toile, ne saurait l'exprimer, car cette beauté transcende toute forme d'expression. L'amour, c'est évidemment la félicité suprême, qui n'est pas de l'ordre du plaisir.

Saanen, le 5 août 1962 : extrait de Les Entretiens de Saanen, 1961-1962

J'aimerais, si vous le permettez, parler de la fin de la souffrance, car la peur, la souffrance, et ce que nous appelons l'amour, vont toujours de pair. Faute de comprendre la peur, nous ne comprendrons jamais la souffrance, ni ne connaîtrons cet état d'amour d'où toute friction, toute contradiction est absente.

Mettre fin à la souffrance est extrêmement difficile, car, sous une forme ou sous une autre, elle nous accompagne en permanence. Je voudrais donc explorer ce problème de façon approfondie ; mais mes paroles n'auront de portée que si nous l'examinons sans a priori, en observant les faits tels qu'ils apparaissent en nous-même. Si nous réussissons à le faire de manière réelle, et non théorique, alors peut-être pourrons-nous comprendre l'immense signification de la souffrance et ainsi la faire cesser.

Au fil des siècles, amour et souffrance sont toujours allés de pair, l'un dominant l'autre à tour de rôle. Cet état qu'on appelle l'amour est éphémère, et dès que l'amour meurt, nous sommes repris par nos jalousies, nos vanités, nos peurs et nos détresses. Cette bataille entre l'amour et la souffrance existe depuis toujours. Mais avant de savoir s'il est possible d'abolir la souffrance, je crois qu'il faut d'abord comprendre ce qu'est la passion.

*

La passion nous est le plus souvent étrangère. Sans doute avons-nous connu l'enthousiasme, cet état où l'on est envahi d'une émotion *envers* quelque chose. Notre passion ayant un objet — la musique, ou la peinture, la littérature, un pays, une femme ou un homme —, elle est toujours l'effet d'une certaine cause. Quand vous tombez amoureux, vous vivez des émotions intenses, qui sont l'effet d'une cause. Mais ce dont je parle est une passion sans cause, une passion globale, sans objet particulier — alors que notre passion s'adresse en général à une personne ou une chose précises. Cette distinction doit être très claire.

Cet état de passion sans cause est d'une intensité que ne vient entraver aucun attachement ; tandis que si la passion a une cause, l'attachement entre en jeu, et ainsi commence la souffrance. Nous sommes pratiquement tous attachés à une personne ou à un objet auxquels nous nous accrochons, à un pays, à une croyance, à une idée, et lorsque l'objet de notre attachement nous est ôté, ou perd de son importance, nous sentons en nous une insuffisance, un vide, que nous cherchons à combler en nous accrochant à autre chose, qui devient à son tour objet de passion.

Sondez vos cœurs et vos esprits. Je ne suis rien

d'autre qu'un miroir dans lequel vous vous observez. Si vous ne voulez pas regarder, rien ne vous y oblige, mais dans le cas contraire, il faudra vous examiner lucidement, à fond et sans concessions — non dans l'espoir de voir se dissiper vos malheurs, vos angoisses, votre sentiment de culpabilité, mais avec pour objectif de comprendre cette extraordinaire passion dont l'issue est toujours la souffrance.

Quand la passion a une cause, elle se change en désir. Quand la passion a un objet — que ce soit une personne, une idée, un projet —, elle devient une source de contradictions, de conflits, d'efforts. Vous faites des efforts pour accéder à un certain état, ou vous y maintenir, ou pour retrouver un état passé et enfui. Mais la passion dont je parle n'engendre ni la contradiction ni le conflit. N'étant en aucune manière liée à une cause, elle n'est donc pas un effet.

Ecoutez, ne faites rien d'autre qu'écouter, sans chercher à atteindre cet état d'intense passion sans cause. Si nous parvenons à écouter attentivement, facilement, sans forcer ni discipliner notre attention, mais en ayant simplement envie de comprendre, je crois que nous découvrirons par nos propres moyens ce qu'est la passion.

Le plus souvent, il n'y a en nous que fort peu de passion. Nous pouvons éprouver du désir, vouloir une chose, chercher à en fuir une autre, et tout cela nous procure effectivement une certaine intensité d'émotion. Mais nous devons nous réveiller, nous frayer un chemin jusqu'à ce brasier de la passion sans cause, et y plonger enfin, faute de quoi jamais nous ne comprendrons ce que nous appelons la souffrance.

Pour comprendre, il faut avoir de la passion, et toute l'intensité d'une attention sans faille. La passion liée à un objet — source de contradiction, de conflit — rend impossible le jaillissement de cette pure flamme de la passion absolue, pourtant indispensable si l'on veut que la souffrance se dissipe complètement, soit définitivement abolie.

Nous savons que la souffrance est un résultat : elle est l'effet d'une cause. J'aime et on ne m'aime pas : c'est une forme de souffrance. Je veux réussir dans un domaine donné, mais je n'en ai pas les capacités ; ou je les ai, mais une mauvaise santé, ou quelque autre facteur, fait obstacle à ma réussite : c'est une autre forme de souffrance. Il y a la souffrance propre à l'esprit mesquin, à l'esprit en perpétuel conflit avec lui-même, qui ne cesse de lutter, de s'adapter, de tâtonner, de se conformer. Il y a la souffrance née d'un conflit relationnel, et la souffrance liée à ceux que la mort nous enlève. Vous connaissez tous ces divers visages de la souffrance, et elle est chaque fois le résultat d'une cause.

En réalité, jamais nous n'affrontons le fait de la douleur ; nous essayons toujours de la balayer à l'aide de rationalisations, d'explications ; ou nous nous accrochons à un dogme, à un schéma convenu de croyance, qui nous satisfont et nous apportent une consolation provisoire. Certains auront recours à une drogue, d'autres à la boisson, d'autres à la prière. La souffrance, et l'éternelle tentative d'y échapper, est notre lot commun. Mais jamais nous n'avons songé à mettre définitivement fin à la souffrance, afin que notre esprit sorte pour de bon de cet apitoiement sur soi-même, et des ténèbres du désespoir. Face à cette incapacité à mettre un terme à la souffrance, si nous sommes chrétiens nous la vénérons dans nos églises, sous la forme de la Passion du Christ. Mais que nous allions à l'église pour vénérer ce symbole de la souffrance, ou que nous essayions de la noyer sous les explications, ou dans un verre d'alcool, cela revient au même : nous fuyons devant le fait, qui est que nous souffrons. Je ne parle pas de la douleur physique — qui est relativement bien prise en charge par la médecine moderne. Je parle de la souffrance, de la douleur psychique qui empêche toute clarté, toute beauté et qui détruit l'amour et la compassion. Est-il possible de mettre un terme définitif à toute souffrance ?

Je pense que l'abolition de la souffrance est en lien direct avec l'intensité de la passion. La passion n'est possible qu'avec l'abandon de soi le plus absolu. On n'est passionné qu'en l'absence totale de ce que nous appelons la pensée. Or celle-ci est la réponse issue de la somme des expériences et schémas divers de notre mémoire, et une telle réponse conditionnée rend impossible toute passion, toute profondeur, toute intensité. Cette intensité profonde suppose que le « moi » soit tout à fait absent.

Il existe, le savez-vous, un sens de la beauté qui ne se soucie ni de ce qui est laid ni de ce qui est beau. Cela ne veut pas dire que la montagne ne soit pas belle, ou qu'il n'existe pas de bâtiments très laids. Mais il est une beauté qui n'est pas l'opposé de la laideur, et un amour qui n'est pas l'opposé de la haine. Et l'état d'abandon dont je parle est cet état de beauté sans cause, et donc de passion. Nous est-il possible de transcender ce qui est le résultat d'une cause ?

Je vous invite à écouter très attentivement, et à vous imprégner de sens plutôt que de vous en tenir aux seuls mots.

Dans la plupart des cas, nous ne faisons que réagir aux événements : la réaction est le moteur de notre vie. Notre réponse à la souffrance est une réaction. Face à la souffrance, nous cherchons des explications, ou nous prenons la fuite, sans que notre souffrance ne cède pour autant. Elle ne cesse que lorsqu'on l'affronte en tant que fait, que lorsqu'on comprend et dépasse à la fois la cause et l'effet. Essayer de s'en libérer par la vertu de quelconques pratiques, ou d'une pensée délibérée, ou s'adonner à l'un des multiples moyens permettant de la fuir, n'éveille pas dans l'esprit la beauté extraordinaire, la vitalité, l'intensité de cette passion qui inclut et transcende la douleur.

Qu'est-ce que la souffrance ? Lorsque vous entendez cette question, comment y répondez-vous ? Votre esprit, votre pensée, essaie immédiatement d'en expliquer la cause, et cette recherche ravive dans la mémoire le souvenir des souffrances que vous avez vécues. Ainsi se crée une incessante navette verbale entre réminiscence du passé et anticipation du futur, dans l'effort de trouver une cause à cet effet que l'on appelle la souffrance. Mais je pense qu'il faut dépasser tout cela.

Nous connaissons très bien les causes de la souffrance : la pauvreté, la maladie, les frustrations, le manque d'amour, etc. Et malgré toutes nos explications quant aux multiples causes de la souffrance, nous n'avons pas su l'abolir ; nous n'avons pas réellement saisi l'immense profondeur, l'immense signification de la souffrance, pas plus que nous n'avons compris cet état qu'on désigne sous le nom d'amour. Je pense qu'amour et souffrance sont liés et que, pour comprendre l'amour, il faut comprendre l'immensité de la souffrance.

Les Anciens, déjà, parlaient de mettre fin à la souffrance, et ils établirent des règles de vie qui étaient censées l'abolir. Nombreux sont ceux qui se sont pliés à ces règles. Les moines en Orient et en Occident s'y sont essayés, mais ils n'ont fait que se durcir, leur esprit et leurs cœurs se sont refermés sur eux-mêmes. Ils vivent derrière des murs — les murs de leur propre pensée, ou des murs de brique et de pierre, mais je ne crois vraiment pas qu'ils aient transcendé cette chose appelée souffrance, ni qu'ils en aient perçu l'immensité.

Mettre fin à la souffrance, c'est affronter le fait de notre propre solitude, nos attachements, nos médiocres velléités de gloire, notre soif d'amour ; c'est ne plus se donner autant d'importance, ne plus s'apitoyer puérilement sur soi-même. Et lorsqu'on a dépassé tout cela, et peut-être mis fin à sa propre souffrance, il reste encore cette immense souffrance collective, la douleur du monde. On peut mettre un terme à sa souffrance personnelle en affrontant le fait de la souffrance et sa cause — qui se trouvent en nous-même —, et tout esprit qui veut être véritablement libre doit en passer par là. Mais lorsqu'on est quitte de tout cela, il y a encore la souffrance liée à l'immense ignorance qui existe dans le monde. Je ne parle pas des carences au niveau de l'information ni des connaissances livresques, mais de cette ignorance que l'homme a de lui-même. Ne pas se comprendre soi-même est l'essence de l'ignorance, et c'est elle qui engendre cette immensité de souffrance présente partout dans le monde. Et qu'est-ce que la souffrance, en fait ?

En vérité, il n'y a pas de mots pour expliquer la souffrance, pas plus qu'il n'y a de mots pour expliquer l'amour. L'amour n'est pas un attachement, l'amour n'est pas l'opposé de la haine, l'amour n'est pas la jalousie. Et quand on en a fini avec la jalousie, l'envie, l'attachement, et avec tous les conflits et toutes les tortures par lesquels on passe en croyant qu'il s'agit d'amour, il reste encore à savoir ce qu'est l'amour, ce qu'est la souffrance.

Vous ne saurez ce qu'est l'amour, ce qu'est la souffrance, que lorsque votre esprit aura rejeté toutes les explications, lorsque vous n'imaginerez plus, lorsque vous ne chercherez plus de causes, lorsque vous ne vous bercerez plus de mots, lorsque vous n'irez plus raviver dans votre mémoire le souvenir des souffrances et des plaisirs passés. L'esprit doit être parfaitement silencieux, sans un mot, sans un symbole, sans une idée. Alors vous découvrirez — ou plutôt, alors naît — un état dans lequel ce que nous avons appelé amour, et ce que nous avons appelé souffrance, et ce que nous avons appelé mort, sont une seule et même chose. Il n'y a plus de division entre l'amour, la souffrance et la mort ; et là où il n'y a plus de division, alors est la beauté. Mais pour appréhender cet état, pour être dans cet état d'extase, il faut cette passion qui survient avec le total abandon de soi.

Bombay, le 21 février 1965

Pour comprendre le plaisir, il faut l'aborder en se donnant pour but de l'étudier et non de le supprimer ou de s'y livrer. Apprendre ce qu'il en est du plaisir est une discipline, qui requiert de n'être à son égard ni complaisant ni hostile. On ne peut apprendre qu'en comprenant que s'il y a la moindre trace de refoulement, de déni, de contrôle, alors on cesse d'apprendre, plus rien ne peut être appris. Donc, pour comprendre l'ensemble de ce problème du plaisir, il faut l'aborder avec un esprit neuf. Le plaisir est pour nous d'une importance extraordinaire. C'est lui qui dicte nos actions. Nous fuyons tout ce qui est douloureux, et nous ramenons toute chose aux valeurs, aux critères qui sont ceux du plaisir. Le plaisir joue donc dans notre vie un rôle capital, celui d'un d'idéal, comme c'est le cas pour ceux qui renoncent à la vie du « monde » pour aller à la rencontre d'une autre vie : la base reste toujours le plaisir. Ou lorsqu'on dit : « Je dois venir en aide aux pauvres », et qu'on se lance avec délices dans l'action sociale : c'est toujours une démarche de plaisir ; on peut, pour brouiller les pistes, parler de « rendre service », ou de « faire le bien », etc., mais c'est toujours un mouvement de l'esprit axé sur la recherche du plaisir ou le souci d'éviter toute source d'inconfort, que la pensée qualifie de « douleur ». Si vous vous observez vous-même, c'est ce que nous faisons à chaque instant de notre vie. Vous aimez telle personne parce qu'elle vous flatte, vous n'aimez pas telle autre parce qu'elle vous dit des vérités déplaisantes, et vous créez ainsi des antagonismes ; voilà pourquoi le conflit est perpétuellement présent dans votre existence.

Il est donc très important de comprendre cette chose qu'on appelle le plaisir. Quand je dis comprendre, je veux dire apprendre à le connaître. Et il y a beaucoup à apprendre, car toutes nos réactions d'ordre sensoriel, toutes les valeurs, toutes les exigences que nous nous sommes créées — le prétendu sacrifice, le refus, l'acceptation — sont fondées sur cette chose extraordinaire qu'est le plaisir, sous des formes tantôt frustes tantôt raffinées. C'est sur cette base que nous nous impliquons dans de multiples activités — en tant que communistes, socialistes, que sais-je encore — parce que nous croyons qu'en nous identifiant à une activité particulière, à une idée particulière, à un schéma de vie particulier, cela accroîtra notre plaisir, et nous en tirerons un bénéfice accru. Or, cette valeur, ce bénéfice, s'appuient sur notre identification à une forme spécifique d'activité en tant que plaisir. Observez-le bien.

Ne vous contentez pas simplement d'écouter des mots, mais écoutez en ayant pour but de découvrir la vérité ou la fausseté des propos qui sont ici tenus.

Cela concerne votre vie ; c'est votre vie de tous les jours qui est en jeu. La plupart d'entre nous gâchent cette chose extraordinaire qu'on appelle la *vie*. Nous avons vécu soixante ans, nous sommes allés chaque jour au bureau, nous nous sommes engagés dans une activité sociale, cherchant à fuir de diverses manières, et tout ce qui nous reste à la fin, c'est une vie terne, morne, vide, une vie gâchée. Voilà pourquoi il est si important, si vous voulez repartir sur de nouvelles bases, de comprendre cette question du plaisir. Les individus prétendument religieux bannissent toute forme de plaisir, ou tout au moins ils s'y efforcent, et c'est ce qui fait d'eux des êtres sans éclat, appauvris. Un esprit tel que celui-là est aride, atone, insensible, il est tout à fait incapable de découvrir le réel.

Il est donc essentiel de comprendre le fonctionnement du plaisir. Regarder un bel arbre, c'est bien, c'est un grand plaisir — quel mal y a-t-il à cela ? Mais regarder un homme ou une femme avec plaisir — là, vous dites que c'est immoral, parce que pour vous le plaisir est toujours lié à une seule chose, il a une orientation unique : cet homme ou cette femme ; ou alors, c'est une fuite devant la souffrance liée à la relation, et vous allez dans ce cas chercher ailleurs votre plaisir, dans une idée, une évasion, une activité donnée.

En réalité, c'est le plaisir qui a créé ce schéma de base de la vie sociale. Nous trouvons notre plaisir dans l'ambition, la compétition, la comparaison, l'acquisition d'un savoir ou d'un pouvoir, ou dans le prestige, le rang, ou le statut social. Et cette recherche du plaisir sous forme d'ambition, de compétition, d'avidité, d'envie, de reconnaissance sociale, de domination, de pouvoir, est « respectable ». Ce qui la rend respectable, c'est l'assentiment d'une société dont l'unique précepte est que votre existence soit conforme à la « morale » ; autrement dit, vous devez mener une vie respectable. Vous pouvez être ambitieux, violent, avoir l'esprit de compétition, être sans scrupule — la société l'accepte, parce que l'issue de toutes ces ambitions sera ou bien un homme qui a, comme on dit, réussi, ou bien un raté, donc un être frustré. La morale sociale est donc l'immoralité même.

Ecoutez bien tout cela, mais sans être d'emblée d'accord ou pas d'accord : voyez les faits. Et pour voir un fait — c'est-à-dire le comprendre —, n'en ayez pas une idée toute faite, une opinion préconçue. Mais apprenez à le connaître ; et, pour ce faire, vous devez l'aborder avec un esprit qui cherche à s'enquérir, qui est par conséquent passionné, motivé, et donc jeune. La moralité, qui n'est autre que la coutume, l'habitude, est considérée comme respectable dans le cadre d'un certain schéma en vigueur, pourvu que l'on se conforme à ce schéma. Certaines personnes se révoltent contre ce schéma — cela se produit sans cesse. La révolte est une réaction au schéma. Cette réaction prend des formes multiples — les beatniks, les Beatles, les *Teddy boys,* etc. — mais on reste toujours dans le cadre du même schéma. La vraie moralité, c'est tout autre chose. Et c'est pourquoi il nous faut comprendre la nature de la vertu et la nature du plaisir. Toutes nos coutumes, toutes nos traditions sociales, et toutes nos relations

— tout est fondé sur le plaisir. Je n'emploie pas ce terme de « plaisir » dans un sens étroit, limité, mais dans son sens le plus large. Notre société est fondée sur le plaisir, ainsi que toutes nos relations. Tant que j'agis en fonction de ce qui vous plaît, que je vous aide à progresser en affaires, vous êtes mon ami ; mais dès que je vous critique, je ne suis plus votre ami. C'est si évident — et tellement stupide !

Faute de comprendre le plaisir, jamais vous ne pourrez comprendre l'amour. L'amour, ce n'est pas le plaisir, mais tout autre chose. Et, pour comprendre le plaisir, il faut l'étudier. Or, pour la plupart d'entre nous, pour tout être humain, la sexualité fait problème. Pourquoi ? Ecoutez ceci très attentivement. C'est parce que vous n'arrivez pas à résoudre le problème du sexe que vous le fuyez. Le *sannyasi* le fuit en faisant vœu de célibat, en le niant. Mais voyez ce qu'il advient à un tel esprit. En niant une chose qui fait partie intégrante de votre structure même — jusqu'au système glandulaire, etc. — en l'étouffant, vous vous êtes transformé en un être sec, aride, tandis qu'en vous-même la bataille continue de faire rage.

Ainsi que nous le disions, nous n'avons, semble-t-il, que deux manières d'affronter un problème quelconque, qui sont de l'étouffer ou de le fuir. Vouloir l'étouffer revient en fait au même que de s'en évader, et nous disposons de tout un réseau très complexe d'échappatoires, soit d'ordre intellectuel, soit d'ordre émotionnel — outre l'activité ordinaire liée au quotidien. Les échappatoires sont multiples. Mais le problème demeure. Le *sannyasi* s'en évade à sa manière, sans l'avoir résolu pour autant ; en prononçant des vœux, il n'a fait que l'étouffer, mais il bouillonne toujours en lui. Sous la simplicité extérieure de l'habit, la question se pose au *sannyasi* avec la même acuité que pour l'homme ordinaire menant une vie banale.

Comment résoudre ce problème ? Pourtant, il vous faut le résoudre. Ce plaisir mis en acte, il faut que vous le compreniez. Comment allez-vous résoudre le problème ? Si vous ne le faites pas, vous devenez prisonnier d'une habitude, vous tombez dans la routine, et votre esprit s'abrutit, devient lourd et stupide, or vous n'avez d'autre recours que lui. Il vous faut donc absolument résoudre ce problème. D'abord, ne condamnez pas le plaisir, puisque vous allez apprendre à étudier. Etudiez-le donc, c'est de cela qu'il est question ici : apprendre. Intellectuellement et émotionnellement, vous êtes noué ; votre pensée est uniquement répétitive : vous copiez, vous imitez ce qu'ont fait les autres ; vous ne cessez de citer la Gîtâ ou les Upanishads, ou d'autres livres saints, mais intellectuellement vous êtes pauvre, terne, vide. Au bureau, votre activité intellectuelle se résume à imiter, à copier jour après jour, et il en va de même à l'usine, à la maison — tout n'est que répétition perpétuelle. L'intellect, qui doit être vivant, lucide, sain, libre, a été étouffé. Il n'y a ici plus aucune issue, il n'y a ici plus d'action créatrice. Sur le plan émotionnel, esthétique, vous êtes en état de carence, parce que vous niez l'émotion en même temps que la sensibilité, la sensibilité qui nous ouvre la perception de la beauté, de la splendeur d'une soirée, de la contemplation d'un arbre et d'une intime communion avec la nature. Que vous reste-t-il ? Vous ne possédez dans la vie qu'une seule et unique chose ; et cela devient un immense problème.

Ainsi, s'il veut comprendre ce problème, l'esprit doit s'en saisir immédiatement, car tout problème qui se prolonge jour après jour émousse l'esprit, rend la pensée atone. N'avez-vous pas remarqué ce qui se passe lorsque l'esprit est incapable de résoudre un problème qui se pose à lui ? Ou bien il le fuit, et tombe dans un nouveau problème, ou il l'étouffe et tombe dans une névrose prétendument « saine » — mais il n'en est pas moins névrotique. Chaque problème, donc, quel qu'il soit, émotionnel, intellectuel, physique, doit être résolu immédiatement, et en aucun cas prolongé jusqu'au lendemain, car le lendemain, d'autres problèmes vous attendent.

Vous devez donc apprendre — ce qui est impossible si vous n'avez pas résolu les problèmes d'aujourd'hui, et que vous les prolongiez jusqu'à demain. Donc, chaque problème, si compliqué, si ardu, si exigeant soit-il, doit être résolu le jour même, immédiatement. Comprenez-en l'importance. L'esprit qui laisse s'enkyster un problème parce qu'il n'a pas su le régler, parce qu'il n'en a pas été capable, n'a plus la conviction, la fougue nécessaires pour apprendre — on voit de tels esprits à l'œuvre dans ce monde — et il devient insensible, peureux, laid, imbu de lui-même, égoïste, brutal.

Il faut donc résoudre ce prétendu problème du sexe. Et pour le résoudre intelligemment — au lieu de fuir sa sexualité, de la brimer, de prononcer des vœux stupides, ou de lui laisser libre cours —, il faut comprendre ce problème du plaisir. Il nous faut aussi comprendre un autre problème, à savoir que la plupart des êtres humains sont des êtres de seconde main. Même si vous êtes capable de citer la Gîtâ à l'envers, vous êtes pourtant un être humain de seconde main. Vous n'avez rien d'original. Il n'y a rien en vous qui soit spontané, réel, ni intellectuellement, ni esthétiquement, ni moralement. Et il ne reste plus qu'une seule chose : la faim, l'appétit — de nourriture ou de sexe. Il existe une boulimie sexuelle comme il existe une boulimie nutritionnelle. Vous avez vu manger, s'empiffrer certaines personnes — il en va de même pour la sexualité.

Pour comprendre ce problème très complexe — car il met en cause la beauté, l'affection, l'amour —, il vous faut comprendre le plaisir, et briser ce conditionnement de la pensée répétitive, de l'esprit qui répète ce que les autres disent depuis des siècles, ou depuis dix ans. C'est une merveilleuse échappatoire que de citer Marx, Staline ou Lénine, ainsi que de citer la Gîtâ, comme si vous aviez tout compris. Mais vous devez vivre ; et, pour ce faire, il faut n'avoir pas le moindre problème.

Pour comprendre ce problème du sexe, vous devez libérer votre esprit, votre intellect, de sorte qu'il puisse regarder, comprendre, et bouger ; et aussi, sur le plan émotionnel et esthétique, vous devez regarder les arbres, les montagnes et les rivières, la misère d'une rue crasseuse, être attentif à vos enfants, à leur éducation, à la manière dont ils sont vêtus, à la façon dont vous les traitez, dont vous leur parlez. Vous devez voir la beauté d'une ligne, d'un édifice, d'une montagne, des méandres d'une rivière, voir la beauté d'un visage. C'est à travers tout cela qu'a lieu la libération de cette énergie — non pas en se brimant, en s'identifiant à une idée, mais en laissant l'énergie se répandre dans toutes les directions, de manière que votre esprit soit actif sur le plan intellectuel et esthétique, capable de raisonner lucidement, de voir les choses telles qu'elles sont. Voir la beauté d'un arbre, d'un oiseau en vol, la lumière sur l'eau, et toutes les autres choses de la vie : quand on n'est pas conscient de tout cela, alors, bien sûr, on se polarise sur ce problème de la sexualité.

La société nous enjoint d'avoir une morale, et cette morale se confond avec la famille. La famille devient étouffante quand elle est repliée sur elle-même ; en d'autres termes, la famille est l'individu, et l'individu qui se confond avec la famille s'oppose à la masse, à la collectivité, à la société ; c'est alors que commence tout le processus destructif. Ainsi donc, la vertu n'a rien à voir avec la respectabilité. La vertu est comme une fleur en cours de floraison ; ce n'est pas un état acquis, achevé. Vous savez ce qu'est la bonté : la bonté ne s'acquiert pas, l'humilité ne s'acquiert pas. Seuls les vaniteux cherchent à devenir humbles. Ou l'on est bon, ou on ne l'est pas. « Etre » n'est pas « devenir ». On ne peut pas devenir bon, devenir humble. Et il en va de même pour la vertu. La structure morale d'une société qui est fondée sur l'imitation, la peur, les exigences personnelles et les ambitions répugnantes, l'avidité, l'envie, n'est pas la vertu — et elle n'est pas non plus morale. La vertu est l'action spontanée de l'amour — elle est spontanée, ce n'est pas cette chose calculée, cultivée que l'on baptise du nom de vertu. Il faut qu'elle soit spontanée, sinon ce n'est plus la « vertu ». Comment pourrait-il s'agir de vertu, si c'est une chose calculée, si elle fait l'objet d'une pratique, si c'est une chose mécanique ?

Vous devez donc comprendre le plaisir et vous devez aussi comprendre la nature et la signification du plaisir et de la douleur. Et comprendre également la vertu et l'amour.

L'amour, en vérité, ne se cultive pas. On ne peut pas dire : « Je vais apprendre, je vais pratiquer l'amour. » La plupart des idéalistes, la plupart de ceux qui, pour se fuir eux-mêmes, se lancent dans des activités diverses, sont dépourvus d'amour. Ils peuvent être de remarquables réformateurs sociaux, d'excellents politiciens (à supposer qu'il en existe), mais ils sont dépourvus d'amour. L'amour diffère en tout du plaisir. Mais on ne peut s'en approcher que si l'on met à le comprendre toute l'intensité de la passion — il ne s'agit ni de le bannir, ni de le fuir, mais de le comprendre. La beauté du plaisir est source de très grande joie.

L'amour, donc, ne peut se cultiver. On ne peut pas le scinder en deux — amour charnel et amour divin. Il y a l'amour, c'est tout. Et il n'y a pas l'amour multiple et l'amour unique ; là encore, la question : « Aimez-vous toute chose, tout être ? » est une question stupide. En vérité, une fleur ne s'occupe pas de savoir qui vient humer son parfum, ou qui s'en désintéresse. Il en est de même pour l'amour. L'amour n'est pas un souvenir. Ce n'est pas une création de notre pensée, de notre intellect. Mais il survient naturellement sous forme de compassion, lorsque tout le problème que constitue notre existence — et qui se manifeste par la peur, l'avidité, l'envie, le désespoir, l'espoir — a été compris et résolu. L'ambitieux est incapable d'aimer. Celui qui est attaché à sa famille est dénué d'amour. La jalousie n'a, elle non plus, rien à voir avec l'amour. Quand vous dites : « J'aime ma femme », vous ne le pensez pas vraiment, puisque l'instant d'après vous êtes jaloux d'elle.

L'amour suppose une immense liberté, mais pas la liberté de faire tout ce qui nous plaît. L'amour n'advient que lorsque l'esprit est très silencieux, désintéressé, dénué d'égoïsme. Et cela n'a rien d'un idéal. Sans amour, vous aurez beau faire, courir après tous les dieux de la terre, prendre part à toutes les activités sociales, tenter de remédier à la pauvreté, entrer en politique, écrire des livres, écrire des poèmes — vous ne serez qu'un être mort. Sans amour, vos problèmes iront s'aggravant, se multipliant à l'infini. Mais avec l'amour, quoi que vous fassiez, il n'y a plus de risque, il n'y a plus de conflit. L'amour est alors l'essence de la vertu. L'esprit qui n'est pas en état d'amour n'est en aucune façon un esprit religieux ; seul l'esprit vraiment religieux est affranchi des problèmes, et lui seul connaît la beauté de l'amour et de la vérité.

Londres, le 7 avril 1953

Interlocuteur : Je me sens très seul, et j'aurais très envie de nouer des relations d'intimité avec quelqu'un. Que faire, puisque je ne trouve personne pour m'accompagner dans la vie ?

Krishnamurti : L'une de nos difficultés réside assurément dans l'idée que notre bonheur doive passer par l'intermédiaire d'une chose, d'une personne, d'un symbole ou d'une idée, ou encore par la vertu, l'action, la compagnie d'autrui. Nous croyons que c'est à travers elle, en elle, que l'on peut trouver le bonheur, ou l'ultime réalité — peu importe le nom : le bonheur est caché là quelque part. D'où ce sentiment que l'action, la présence d'un compagnon, voire certaines idées, vont nous mener au bonheur.

Me sentant donc seul, je veux trouver une personne ou une idée grâce auxquelles je puisse accéder au bonheur. Pourtant la solitude demeure : elle est toujours là, aux aguets. Mais comme elle me fait peur, et que j'ignore tout de sa nature intime, je veux trouver quelque chose à quoi m'accrocher. C'est ce qui me fait croire que je vais être heureux par l'entremise de quelque chose ou quelqu'un. Notre esprit cherche sans cesse des intermédiaires au bonheur, qui sont tantôt des meubles, une maison, des livres, tantôt des personnes, des idées, des rituels, des symboles, et nous espérons mettre la main sur quelque chose, et trouver enfin le bonheur. Et donc, objets, personnes et idées prennent une importance extraordinaire, car c'est à travers eux que nous espérons le rencontrer. Ainsi commence notre dépendance envers eux.

Mais, malgré tout, cette chose incomprise, irrésolue, demeure : l'angoisse, la peur sont toujours présentes. Et même lorsque je constate qu'elle est toujours là, je veux l'utiliser, la dépasser, trouver ce qui est au-delà. Mon esprit met tout à profit pour la transcender, rabaissant ainsi la valeur de toute chose. Si je vous utilise afin d'assurer mon propre bonheur, je vous ravale à un rang insignifiant, car c'est mon bonheur qui compte avant tout. Donc, lorsque mon esprit se persuade que c'est à travers l'autre qu'il peut obtenir le bonheur — ou à travers un objet, une idée —, cela ne revient-il pas à faire de tous ces moyens que j'utilise des moyens transitoires ? Parce qu'à ce moment-là, mon intérêt est ailleurs, au-delà, du côté de ce que je convoite.

N'est-il pas essentiel de comprendre cette solitude, la douleur, la torture de cet immense vide ? Parce que si je comprends cela, peut-être n'aurai-je plus à user d'un intermédiaire pour trouver le bonheur. Je ne me servirai plus de Dieu comme moyen d'acquérir la paix, ni d'un rituel pour stimuler mes sensations, mes exaltations, mes inspirations. Ce qui me ronge le cœur, c'est ce sentiment de peur, c'est ma solitude, c'est ce vide en moi. Puis-je comprendre cela ? Puis-je y trouver réponse ? Nous sommes pratiquement tous seuls, n'est-ce pas ? La radio, les livres, la politique, la religion — rien n'y fait, rien ne parvient vraiment à masquer cette solitude. Je peux certes être actif socialement, je peux m'identifier à certaines tendances philosophiques organisées, mais quoi que je fasse, la solitude est là, tapie dans mon inconscient, dans les replis profonds et secrets de mon être.

Cette solitude, comment la gérer ? Comment faire pour la mettre au jour, et la dissiper complètement ? J'ai, comme d'habitude, tendance à condamner cette chose que je ne connais pas et dont j'ai peur — or c'est parce que l'on condamne que l'on a peur. En définitive, je ne sais rien de la qualité de cette solitude, j'ignore ce qu'elle est réellement. Mais en décrétant qu'elle est effrayante, mon esprit l'a jugée. Il a ses opinions sur le fait en question, il a ses idées sur la solitude. Et ce sont ces idées, ces opinions qui engendrent la peur, et m'empêchent de regarder vraiment en face cette solitude.

J'espère avoir été assez clair ? Donc, je me sens seul, et cela me fait peur. Quelle est la cause de cette peur ? Ne serait-ce pas mon ignorance à propos de tout ce qu'implique la solitude ? Si j'en connaissais le contenu, je n'en aurais plus peur. Mais parce que je m'en suis déjà forgé une idée, je la fuis. C'est le fait même de fuir la solitude, non celui de l'observer, qui suscite la peur. Mais pour la regarder, pour demeurer avec elle, il ne faut surtout pas que je la condamne. Et lorsque je suis capable de lui faire face, je deviens apte à l'aimer, à l'explorer.

Et si cette solitude qui me fait si peur n'était qu'un simple mot ? N'est-elle pas en réalité un état indispensable, essentiel, ne serait-ce pas pour moi, peut-être, la porte de la découverte ? Cette porte peut m'ouvrir de nouveaux horizons, en sorte que l'esprit comprenne cet état dans lequel on est nécessairement seul, soustrait à toute contamination. Car tous les autres processus de fuite face à la solitude ne sont que des déviations, des échappatoires, des distractions. Si l'esprit peut vivre avec elle, sans la condamner, cela permettra peut-être à la pensée de découvrir cet état de solitude absolue où l'esprit n'a pas un sentiment de solitude, mais où il est complètement seul, exempt de toute dépendance, et où il n'a plus besoin, pour découvrir, d'aucun intermédiaire.

Il est indispensable d'être seul, pour connaître cette solitude qui n'est pas due aux circonstances, cette solitude qui n'est pas un isolement, cette solitude qui est créativité, et qui survient lorsque l'esprit ne cherche plus ni le bonheur ni la vertu, n'oppose plus de résistance. C'est l'esprit apte à la solitude qui est capable de découvrir — et non l'esprit qui s'est laissé contaminer, corrompre, par ses propres expériences. Ainsi donc, la solitude dont nous sommes tous conscients, si nous savons la regarder, pourrait bien nous ouvrir la porte du réel.

I. : C'est surtout psychologiquement que je dépends des autres. Je voudrais me libérer de ces attachements. Montrez-moi comment faire pour me libérer.

K. : Psychologiquement, intérieurement, nous sommes effectivement dépendants — que cette dépendance ait pour objet des rituels, des idées, des personnes, des objets, des biens. Nous sommes dépendants, et nous voulons nous délivrer de cette dépendance, car nous en souffrons. Tant que cette dépendance est satisfaisante, tant que j'y trouve mon bonheur, je ne souhaite pas m'en libérer. Mais quand elle me fait mal, quand elle me fait souffrir, quand l'objet de ma dépendance me quitte, meurt, se fane, tourne ses regards vers un autre, alors je veux m'en libérer.

Mais ce que je veux, est-ce être totalement libéré de toutes les formes de dépendance psychologique, ou uniquement de celles qui me font souffrir ? Uniquement des formes de dépendance et des souvenirs qui me sont douloureux — évidemment. Je ne tiens pas à être totalement libéré de toute espèce de dépendance, mais seulement de l'une d'entre elles en particulier. Voulant par tous les moyens m'en libérer, je demande à d'autres personnes, ou à une autre personne, de m'aider à m'affranchir de cette forme spécifique de dépendance, douloureuse pour moi. Mais je ne cherche pas à me libérer de la dépendance en tant que processus global.

Quelqu'un d'autre peut-il m'aider à me libérer de la dépendance — partielle ou globale ? Puis-je vous montrer la voie — cette voie tenant dans une explication, un mot, une technique ? Si je vous montre la voie, la technique, si je vous donne l'explication, serez-vous libres enfin ? Le problème sera toujours là, bien sûr, et la douleur aussi. Toutes les démonstrations, tous les conseils, toutes les discussions entre nous ne suffiront pas à vous libérer de cette dépendance. Que faire dans ce cas ?

Il faut bien saisir l'importance de ce point. Vous demandez une méthode capable de vous libérer d'une dépendance donnée, ou de toute dépendance. La méthode est une explication, et vous allez la mettre en pratique, l'appliquer dans votre vie, afin de vous libérer — c'est bien cela ? Cette méthode devient donc un nouvel objet de dépendance. En essayant de vous libérer d'une dépendance particulière, vous en avez créé une autre.

Mais si ce qui vous intéresse, c'est une libération totale de toute dépendance psychologique, si vous êtes vraiment motivé par cela, vous ne demanderez pas de méthode, ni qu'on vous montre le chemin. C'est une tout autre question que vous posez alors, n'est-ce pas ? Vous voulez savoir si vous êtes capable d'affronter cette dépendance, de régler ce problème. La question n'est donc pas de savoir comment s'en libérer, mais de savoir ceci : « Suis-je capable de régler le problème dans sa globalité ? » Si j'ai cette capacité, alors je ne dépends plus de personne. C'est seulement lorsque je doute de moi-même que je dis : « Aidez-moi, je vous en prie, montrez-moi le chemin ! » Mais si je me sens apte à faire face au problème de la dépendance, alors je ne demande à personne de m'aider à le dissiper.

J'espère que je me fais clairement comprendre. Je

crois qu'il est essentiel de ne pas demander : « Comment ? » Car si je sais faire face au problème, alors j'en suis délivré, je ne demande plus qu'on m'indique la méthode, la voie. Ai-je en moi la capacité de faire face à ce problème de la dépendance ?

Or que se passe-t-il, sur le plan psychologique, quand c'est à vous-même que vous posez cette question ? Quand vous vous posez consciemment la question : « Ai-je en moi la capacité de me libérer de cette dépendance ? » — que s'est-il passé au niveau psychologique ? N'êtes-vous pas déjà libéré de cette dépendance ? Psychologiquement, vous étiez dépendant ; et maintenant, vous dites : « Suis-je capable de me libérer ? » Dès l'instant où cette question, c'est à vous-même que vous l'adressez, que vous la posez intensément, la libération de toute dépendance est déjà là.

J'espère que vous ne faites pas que suivre tout cela verbalement, mais que vous faites réellement l'expérience de ce dont nous discutons. C'est cela, l'art d'écouter — ne pas simplement écouter mes paroles, mais être à l'écoute de ce qui se produit réellement dans votre propre esprit en ce moment même.

Dès que je sais que je dispose de cette capacité, le problème cesse. C'est parce que je me sens incapable que je voudrais qu'on me guide. Je crée donc le Maître, le gourou, le Sauveur, celui qui va m'aider, me sauver — et j'en deviens dépendant. Alors que si je possède cette capacité de résoudre, de comprendre la question, tout est alors très simple, je cesse d'être dépendant.

Cela ne signifie pas pour autant que je sois plein

d'assurance. La confiance en soi fondée sur l'ego, le « moi », ne mène nulle part, sinon au repli sur soi. Mais la question même : « Ai-je en moi la capacité de découvrir la réalité ? », nous insuffle une lucidité de perception, une force hors du commun. L'important n'est pas de savoir si j'ai cette capacité — cette capacité n'est pas mienne —, l'important c'est que je pose la question. Car je saurai dès lors comment ouvrir cette porte que l'esprit, en raison de ses doutes sur lui-même, de ses angoisses, de ses peurs, de ses expériences, de son savoir, garde toujours close.

Lorsque tout le processus est compris, la capacité nous vient. Mais elle ne vient pas en suivant une modalité d'action particulière. On ne peut pas comprendre le tout à partir du particulier. Ce n'est pas par l'analyse d'un problème spécifique que je vais comprendre le problème global. Puis-je donc mobiliser cette capacité à saisir le tout — afin non pas de comprendre un incident isolé, un événement particulier, mais de saisir le processus global de ma vie, avec ses souffrances, ses joies et ses peines, et cette quête incessante de confort et de réconfort ? Si j'arrive à poser cette question avec conviction, alors la capacité vient.

Et cette capacité va me permettre de résoudre tous les problèmes qui surgissent. Des problèmes, des incidents, des réactions, il y en aura toujours : c'est la vie. Et parce que je ne sais pas les affronter, je vais trouver les autres, et je leur demande une recette pour les résoudre. Alors que si je pose la question : « Mais moi, cette capacité, puis-je l'avoir ? » c'est déjà l'amorce de cette confiance qui n'est pas fondée sur le « moi », sur l'ego, qui n'est pas issue d'une accumulation, mais qui ne cesse de se renouveler d'elle-même, et qui ne passe pas par une expérience ou un incident particuliers, mais qui jaillit tout droit de la compréhensicn, de la liberté, afin que l'esprit puisse découvrir l'ultime réalité.

Saanen, le 26 juillet 1973

Je crois qu'il est indispensable de découvrir ce qu'écouter veut dire. Nous allons explorer ensemble quelque chose qui requiert toute votre attention, non pas une attention intellectuelle, mais une attention ouverte à l'écoute, non seulement des propos qui sont tenus ici, mais aussi de ce qui se passe réellement au fond de vous en cet instant. Ecoutez de manière à observer, à explorer vraiment la nature de votre esprit, sans cesse confronté aux problèmes extrêmement complexes de l'existence. C'est quand on n'interprète pas que l'on écoute vraiment. Ecouter est un acte d'attention dans lequel n'intervient ni interprétation, ni comparaison, comme c'est le cas lorsqu'on se remémore des lectures, des expériences passées, que l'on compare aux choses évoquées ici. Ce ne sont là que des distractions. Il faut écouter vraiment, sans résistance, sans vouloir obtenir de réponse, car les réponses ne résolvent pas le problème. Ce qui peut le résoudre, en revanche, c'est d'être capable d'observer sans cet observateur qui n'est autre que l'expérience passée, le souvenir, le savoir — ne faire qu'observer. Cela peut alors nous permettre de découvrir ce qu'est la souffrance, et si l'esprit de l'homme pourra jamais s'en libérer. Il est essentiel de découvrir par soi-même s'il est ou non envisageable que la souffrance prenne fin un jour — et ce, de manière bien réelle, et non pas d'un point de vue verbal, intellectuel, ou encore romanesque ou sentimental. Car si la souffrance cesse enfin, l'esprit est alors libéré d'un fardeau colossal, et cette liberté est nécessaire pour explorer ce qu'est l'amour.

Qu'est-ce donc que la souffrance, et en verra-t-on jamais la fin ? C'est un immense problème, vraiment. Je ne sais s'il a déjà fait l'objet de votre curiosité, si vous avez déjà sérieusement entrepris de découvrir ce en quoi elle consiste, et si l'esprit, votre esprit — autrement dit l'esprit humain —, est capable de la transcender. Il faut que nous sachions ce que sont la douleur, le chagrin, la souffrance. La douleur est physiologique aussi bien que psychologique ; la douleur, la souffrance affectent le corps, l'organisme, mais il y a aussi l'immense complexité de la douleur, du chagrin, de la souffrance intérieurs que nous avons « dans la peau » en quelque sorte, bref, psychologiques. Nous connaissons tous la douleur physique — à des degrés divers — et nous pouvons la traiter médicalement, ainsi que par d'autres moyens. On peut observer la douleur en gardant l'esprit détaché — l'esprit observant alors la douleur physique comme de l'extérieur. On peut observer sur soi-même une rage de dents, sans s'y laisser impliquer ni émotionnellement ni psychologiquement. Dès que vous êtes émotionnellement et psychologiquement impliqué dans cette douleur dentaire, elle s'intensifie, l'angoisse et la peur vous submergent aussitôt. Je ne sais si vous avez remarqué ce fait.

La clé de tout cela consiste, tout en étant conscient de la douleur physique, biologique, à ne pas s'y impliquer psychologiquement. Le fait d'être conscient et de la douleur physique, et en même temps de l'implication psychologique qui accroît la douleur et déclenche la peur, l'angoisse, et, d'autre part, la capacité de faire totalement abstraction du facteur psychologique, supposent une sensibilité aiguë, une certaine faculté de distanciation, une certaine qualité de détachement dans l'observation. Alors cette douleur ne gauchit pas les activités de l'esprit ; alors cette douleur ne déclenche pas une activité névrotique de la pensée. J'ignore si vous avez remarqué comment, dans le cas d'une douleur intense que l'esprit ne parvient pas à gérer, l'esprit finit par être impliqué dans cette douleur au point de déformer toutes nos perspectives. Ce ne sont ni la détermination, ni les conclusions toutes faites qui permettent d'avoir conscience de tout ce processus, il ne sert à rien non plus de dire qu'il faut y être attentif ; car vous créez alors une division, et vous aggravez le conflit. Alors que lorsque vous observez avec intelligence le mouvement de la douleur et la façon dont on s'implique psychologiquement dans cette douleur, et la distorsion qui s'ensuit dans l'action et dans la pensée, alors il est possible de gérer la douleur physique, ou d'agir sur elle, dans une mesure raisonnable. C'est chose relativement facile.

Mais ce qui est difficile et très complexe, c'est tout

le domaine touchant à la douleur psychologique, au chagrin et à la souffrance. Celui-ci requiert une étude beaucoup plus lucide, une observation et une pénétration plus fines. Dès la plus tendre enfance, nous autres humains, où que nous soyons, on nous fait mal, on nous blesse. Nous portons tant de cicatrices, conscientes ou inconscientes ; et il y a tant de façons d'avoir mal ! Nous avons versé tant de larmes, aux yeux de tous ou en secret, et cette blessure nous donne envie de faire mal à notre tour, ce qui est une forme de violence. Et parce que nous avons mal, nous résistons et nous nous entourons d'une muraille, afin de ne plus jamais être blessé. Et lorsque vous vous construisez une muraille pour vous protéger des blessures, vous allez au-devant de nouvelles blessures. Dès le plus jeune âge, à force de comparer, d'imiter et de nous conformer, nous avons engrangé cette multitude de blessures, et, sans que nous ayons conscience de celles-ci, notre activité tout entière n'est qu'une succession de réponses faisant écho à ces blessures.

Sommes-nous ici tous ensemble sur le même chemin ? Si, au lieu de vous contenter d'écouter ce que dit l'orateur, vous mettez son discours à profit pour vous éclairer vous-même, la communication existe alors entre l'orateur et vous.

Ces blessures aux multiples conséquences, qui sont une source de déséquilibre, de névrose, d'évasion, et j'en passe, peuvent-elles être effacées, de sorte que l'esprit puisse fonctionner d'une manière efficace, claire, saine, totale ? Voilà bien l'un des problèmes de la souffrance. On vous a blessé, et je suis certain que tout le monde est dans ce cas. Cela fait partie de notre culture, de notre éducation. A l'école, on vous dit qu'il faut avoir de bonnes notes, être toujours meilleur ; on vous accuse de ne pas être aussi doué que votre oncle ou aussi intelligent que votre grand-mère. Ce n'est qu'un début — et, à coup de comparaisons successives, les brutalités s'aggravent, causant des blessures non seulement manifestes, mais aussi secrètes et très, très profondes. Et si vous ne parvenez pas à les éradiquer, vous passerez votre existence à avoir envie de faire mal aux autres, ou vous deviendrez violent, ou vous vivrez reclus, à l'écart de toute relation, afin que plus jamais nul ne vous blesse.

Puisque tout cela fait partie de notre souffrance, l'esprit qu'on a blessé peut-il se libérer de toute forme de blessure, et ne plus jamais être blessé ? Un esprit que jamais rien ne blesse, et que nul ne pourra plus jamais blesser, est en vérité un esprit innocent. Le mot innocent — dont le sens étymologique est « étranger au mal » — indique donc qu'un tel esprit est incapable de subir ou d'infliger des blessures. L'esprit, qu'il ait été blessé de manière profonde ou superficielle, peut-il se délivrer de cette blessure ? Comment répondre à cette question ? Comment trouver, sachant qu'on est blessé, la manière de se délivrer de cette blessure ? Il suffit de comprendre totalement, profondément, complètement, une blessure pour les comprendre toutes, car elle les inclut toutes — inutile de les traquer l'une après l'autre.

Pourquoi l'esprit est-il blessé ? Tous les systèmes éducatifs tels qu'ils existent de nos jours sont un processus de distorsion de l'esprit, à cause de la compétition et du conformisme en vigueur, tant à l'école que dans la famille et dans toutes nos relations. Etre déterminé à ne pas souffrir est une conclusion de la pensée, mais la pensée, qui est le temps, qui est un mouvement — cette pensée, qui a elle-même créé l'image de son invulnérabilité à toute blessure —, n'a pas pour autant résolu ce problème de la blessure. La pensée n'est donc pas capable d'effacer la blessure. Ecoutez bien ce que l'orateur a à vous dire. Imbibez-vous-en : buvez et découvrez ! La pensée est absolument incapable d'effacer les blessures ; or elle est le seul outil dont nous disposions, notre unique instrument, si soigneusement entretenu, et quand cet instrument n'est pas à l'œuvre, nous perdons tous nos repères. N'est-ce pas exact ? Mais lorsque vous réalisez par vos propres moyens que la pensée, que tout ce mécanisme de la pensée ne saura en aucun cas résoudre ce problème de la blessure, alors l'intelligence prend le relais — une intelligence qui n'appartient ni à vous, ni à moi, ni à personne. L'analyse n'effacera pas les blessures. L'analyse est une forme de paralysie et elle ne peut pas éradiquer les blessures. Que vous reste-t-il ? Vous voyez très clairement que vous êtes blessé, et que ni la pensée ni l'analyse ne peuvent rien y faire. Que se passe-t-il dans l'esprit qui a compris la vérité de tout le processus de la pensée, avec tout ce qui y est associé ? C'est la pensée qui a créé l'image que vous avez de vous-même, et c'est cette image qui a été blessée.

Donc, lorsque l'esprit réalise que les activités de la pensée, avec toutes ses images, ses analyses, ses mouvements, ne peut pas éradiquer les blessures, l'esprit, alors, observe la blessure sans le moindre mouvement. Et quand il l'observe totalement, ainsi que nous le décrivons, alors on constate que toute forme de blessure disparaît totalement, parce que la blessure n'est autre que l'image que vous avez de vous-même, et que cette image n'a aucune réalité. Ce n'est qu'une structure verbale, une représentation linguistique, nourrie, alimentée depuis toujours par la pensée, mais dès que l'énergie de la pensée n'agit plus, l'image cesse d'exister. Il est désormais à jamais impossible d'être blessé. Vous avez saisi ? Alors, essayez, mettez tout cela en pratique — pas demain, mais là, maintenant !

Voilà l'une des causes de notre souffrance. Et puis il y a la souffrance de la solitude, la souffrance d'être sans compagnon — ou, si vous en avez un, de perdre ce compagnon — ou la mort de quelqu'un que vous pensez avoir aimé, qui vous apportait des satisfactions physiques et psychologiques, une plénitude à la fois au niveau des sens et du psychisme. Lorsque la personne n'est plus là, quand elle meurt ou qu'elle vous quitte, il y a alors en vous une explosion d'angoisse, de peur, de jalousie, de solitude, de désespoir, de colère et de violence. Cela fait partie de notre vie. Ne parvenant pas à résoudre le problème, le monde asiatique dit : « Dans une autre vie, mon ami, nous le résoudrons dans une autre vie. Après tout, une nouvelle vie m'attend, je saurai bien, à ce moment-là, comment faire pour régler ce problème. » Et dans le monde occidental, la souffrance s'investit dans une personne ou une image unique que vous vénérez — toute la souffrance de l'humanité s'investit dans un seul individu ; c'est un autre mode d'évasion, mais on n'a toujours pas résolu le problème. On n'a fait que le repousser, le reléguer dans une image ou une croix dans une église. Mais il est toujours là.

La souffrance ne peut donc prendre fin qu'en apprenant à connaître le mouvement de votre être même ; en voyant comment vous cherchez à le fuir, à lui trouver une réponse ; et comment, dans votre incapacité à en apporter une, vous recourez à des croyances, à des images, à des concepts. C'est ce que font les êtres humains depuis la nuit des temps ; et il se trouve toujours des prêtres, des intermédiaires pour vous aider à fuir. Observer tout ce qui se passe en soi, c'est-à-dire se connaître non pas selon les critères des psychologues, anciens ou modernes, mais par la simple observation de soi — voir toutes les blessures, les fuites, la solitude, le désespoir, le sentiment de détresse, de notre incapacité d'aller au-delà de *ce qui est* — s'observer simplement, sans le moindre mouvement de la pensée, voilà qui requiert une immense attention. Cette attention porte en elle-même sa propre discipline, son ordre propre.

Pouvez-vous observer la solitude, qui est une des sources de notre souffrance ; observer ce sentiment que nous devons absolument nous réaliser à travers quelque chose et, en cas d'échec de cette réalisation, constater cet échec —, sans en être frustré, pouvez-vous observer tout cela, observer simplement, sans aucun mouvement verbal de la pensée, sans aucun désir de transcender la situation ? Pour exprimer les choses autrement, disons que je perds mon frère ou mon fils. Il meurt, et pendant quelques jours, je suis paralysé sous le choc. Passé ce stade, je finis par être submergé de douleur, de chagrin, de solitude face à l'absurdité de la vie ; je me retrouve seul. Alors je reste parfaitement immobile, sans aucun mouvement de la pensée, cette pensée qui nous souffle : « Je dois transcender tout cela, il faut que je retrouve mon frère, que j'entre en communication avec lui, je me sens si seul et si désespéré. » Observez les choses sans aucun mouvement de la pensée. Vous verrez alors que votre souffrance se change en passion, une passion qui n'a absolument aucun lien avec le désir, mais qui est une énergie totalement affranchie de tout mouvement de la pensée.

Donc, à travers cette conscience — non, pas à travers, disons plutôt *dans* cette conscience — du mouvement global du « moi », qui est le résultat de la pensée, qui est le mouvement dans le temps, dans cette conscience de la nature et de la structure du « moi », conscient mais aussi inconscient, toute souffrance est abolie. Vous pouvez en faire vous-même l'expérience. La fin de la souffrance et, donc, le commencement de la sagesse passent par la connaissance de soi.

Abordons à présent la deuxième question, et examinons ce qu'est l'amour. Je ne sais vraiment pas ce que c'est. On peut le décrire, on peut le mettre en mots, l'exprimer en termes poétiques choisis, mais les mots ne sont pas l'amour. Les sentiments ne sont pas l'amour. Il n'a rien à voir avec les émotions, le patriotisme, les idées ; il suffit d'aller au fond des choses pour le savoir. Nous pouvons donc écarter complètement les descriptions verbales, les images que nous avons élaborées autour de ces mots de patriotisme, de Dieu, de dévouement à la patrie et à la reine — vous connaissez toutes ces fadaises ! Nous savons aussi, si nous observons très attentivement, que le plaisir n'est pas l'amour. Pouvez-vous accepter cette vérité amère ? Pour la plupart d'entre nous, l'amour, c'est le plaisir sexuel. Cette notion de plaisir physique, sexuel, a pris une importance extraordinaire dans le monde occidental, et la tendance gagne les civilisations orientales. Mais quand on brime la sexualité, tout n'est plus que tourments, violence, brutalité, et débordements intenses d'émotion. Est-ce l'amour que tout cela ?

Le plaisir lié à l'acte sexuel et son souvenir sans cesse remâché qui en ravive l'envie — la répétition, la recherche du plaisir : c'est tout cela qu'on appelle l'amour. Nous en avons fait un mot si vulgaire, si dénué de sens. Allez donc tuer pour l'amour de la patrie ! Rejoignez ce groupe puisqu'on y aime Dieu ! Nous avons fait de ce mot — Dieu, patrie — une chose horrible, affreuse, vulgaire et brutale. La vie est tellement plus vaste, plus grande, plus profonde que le simple plaisir, mais cette civilisation, cette culture, ont fait du plaisir l'un des facteurs de la vie les plus importants, les plus dominants, les plus puissants. Qu'est-ce donc que l'amour ? Quelle place a-t-il dans les rapports humains entre homme et femme ?

Examinons ce qu'est l'amour dans les relations humaines. Lorsque vous regardez la configuration du genre humain — l'homme, la femme, l'homme et la femme dans leurs rapports avec leur prochain, avec l'Etat, et tout ce que cela suppose, quelle place tient cette chose qu'on appelle l'amour dans la relation ? En a-t-il même une, en fait ? Or, la vie, c'est la relation ; la vie, c'est l'action dans la relation. Quelle est la juste place de l'amour dans cette action ?

Tout cela, le partageons-nous en cet instant ? Je vous en prie, il s'agit de votre vie. Ne la gaspillez pas. Vous avez quelques années devant vous, ne les gaspillez pas. Car vous êtes en train de les gaspiller, et c'est si triste à voir.

Quelle place revient à l'amour dans la relation ? Qu'est-ce que la relation, qu'est-ce qu'être lié, être relié ? Cela signifie se répondre les uns aux autres de manière adéquate et complète. Le sens de ce mot relation veut dire avoir des liens, être lié, c'est-à-dire en contact direct avec un autre être, en contact direct tant psychologiquement que physiquement. Sommes-nous liés les uns aux autres ? Je peux être marié, avoir des enfants, faire l'amour, et j'en passe, mais suis-je relié pour autant ? Et à quoi suis-je lié ? Je suis lié à l'image que je me suis faite de vous ou d'elle. Je vous en prie, observez bien cela. Très attentivement. Et elle est liée à moi en fonction de l'image qu'elle a de moi. D'accord ? C'est donc entre deux images qu'a lieu la relation ; et c'est cette relation imaginaire qui s'appelle l'amour ! Voyez à quel point nous en avons fait quelque chose d'absurde. C'est un fait. Il ne s'agit pas d'une description cynique. Je me suis forgé une image d'elle, au fil des années — ou au bout de dix ans, ou d'une semaine. Et elle a fait de même. Comprenez-vous la cruauté, la laideur, la brutalité, la perversité de ces images réciproques ? Et on appelle relation le contact entre ces images. D'où l'incessante bataille entre l'homme et la femme, chacun essayant de dominer l'autre. L'un des deux ayant dominé l'autre, une culture s'instaure autour de cette domination — et le système sera soit matriarcal, soit patriarcal. Vous êtes très au fait de tout ce qui se passe. Est-ce cela, l'amour ?

Si tel est le cas, alors l'amour n'est qu'un mot dépourvu de sens. Parce que l'amour n'est pas le plaisir, la jalousie, l'envie, le clivage entre hommes et femmes, l'un dominant l'autre, l'un dirigeant l'autre, possédant l'autre, attaché à l'autre. Cela, ce n'est certainement pas l'amour — ce n'est qu'une simple affaire de commodité et d'exploitation. Et nous l'avons acceptée comme étant la norme. Lorsque vous observez les choses, que vous les observez vraiment, que vous en avez pleinement conscience, alors vous voyez que vous ne vous fabriquez plus d'images — quoi qu'elle fasse, quoi que vous fassiez, la formation d'images cesse. Il se peut alors qu'à partir de là surgisse une fleur extraordinaire, survienne la floraison de cette chose qu'on appelle l'amour. De tels événements se réalisent vraiment. Cet amour-là n'est pas de l'ordre du « mien » ou du « tien ». C'est l'amour. Et si cet amour est en vous, jamais vous n'enverrez vos enfants s'entraîner dans l'armée, se faire tuer à la guerre. Alors, vous engendrerez un tout autre type de civilisation, une culture différente, des êtres différents, une autre espèce d'hommes et de femmes.

Saanen, le 23 juillet 1974

Ensemble, nous avons abondamment parlé de la nature et de la structure de la pensée, de sa place et de ses limites, ainsi que de tous les processus et fonctions entrant dans le mouvement de la pensée. Si vous le permettez, j'aimerais, en cette matinée où c'est un tel plaisir, après toutes ces journées de pluie et de grisaille, de voir les montagnes, les ombres et les rivières, et de respirer le bon air — j'aimerais donc parler de la responsabilité, c'est-à-dire du fait de répondre de ses actes. Une observation objective, sans opinion ou jugement préalables, nous permet de constater ce qui se passe dans le monde : la guerre, une misère effroyable, et la confusion y règnent. Qui doit rendre compte de tout cela, qui est responsable ?

Pour avoir la bonne réponse, la clé du problème, il faut examiner le phénomène de l'existence comme un tout. On constate d'un côté le développement fabuleux de l'industrie, qui est en passe de détruire la planète ; et de l'autre, ce qu'on pourrait appeler une espérance, une quête, une recherche éperdue — de Dieu, de la vérité ou que sais-je encore. Il y a donc cette vaste gamme d'événements, et nos réponses ne s'adressent, dirait-on, qu'à une toute petite fraction d'entre eux. Face à ce vaste champ de l'existence, de notre vie quotidienne, nous semblons être incapables d'apporter une réponse globale. Il nous faut donc savoir quelle est la réponse adéquate, quelle est la réaction juste face à tout cela. Si notre responsabilité se limite à une infime part du problème — réduite à nous-mêmes et à notre petit cercle, nos petits désirs, nos insignifiantes responsabilités, notre mouvement de repli et d'égoïsme, alors que nous en négligeons l'aspect global — alors nous serons forcément créateurs de souffrance, non seulement pour nous-mêmes, mais pour l'ensemble de l'humanité.

*

Pouvons-nous être responsables vis-à-vis de l'humanité tout entière ? Responsables envers la nature, envers nos enfants — c'est-à-dire leur répondre d'une manière adéquate et totale —, envers notre prochain et à l'égard de tout ce mouvement qu'a suscité l'homme, dans son effort pour accéder à une vie juste ? Pour faire sien cet immense sentiment de responsabilité, non seulement au niveau verbal ou intellectuel, mais de façon très profonde, pour être capable de répondre à toutes les luttes, les douleurs, les brutalités, à toute la violence, à tout le désespoir des hommes, pour apporter à tout cela une réponse qui soit totale, il faut savoir ce que signifie l'amour. Vous savez à quel point ce mot « amour » a été utilisé à mauvais escient, combien il a été abîmé, piétiné ; nous serons obligés d'y avoir recours, mais en lui donnant un tout autre sens. Pour que la réponse puisse être globale, l'amour doit être là. Pour comprendre cette qualité, cette compassion, ce sentiment de formidable énergie qui n'est pas créé par la pensée, il faut que nous comprenions la souffrance. Lorsque nous employons le mot « comprendre », il ne s'agit pas d'une communication par le mot — verbale ou intellectuelle — mais de cette communication qui se situe au-delà des mots. Nous devons tout d'abord comprendre la souffrance, pour la transcender ensuite. Sinon nous ne pourrons pas comprendre cette responsabilité globale envers toute chose, qui est l'amour véritable.

Nous sommes ici même en situation de partage, non seulement verbal et intellectuel, mais d'un partage qui va bien au-delà, et où notre responsabilité est engagée. Cela veut dire que vous devez à la fois entendre le mot, être attentif à sa signification sémantique, partager la démarche d'exploration de soi, et la dépasser. Il est indispensable de partager ce mouvement dans sa globalité, sinon vous n'aurez fait que l'aborder sous l'angle des mots, de l'intellect ou de l'émotion, ce qui le réduit à néant.

Pour comprendre cette responsabilité envers toute chose, et donc cette étrange qualité de l'amour, il faut savoir aller au-delà de la souffrance. Qu'est-ce que la souffrance ? Pourquoi les êtres humains souffrent-ils ? C'est l'une des plus grandes énigmes de la vie depuis la nuit des temps. Et apparemment, rares, vraiment très rares sont ceux qui ont transcendé la souffrance ; ils deviennent soit des héros, soit des leaders névrosés, soit des chefs religieux, et ils s'en tiennent là. Mais les êtres humains ordinaires comme vous, moi et d'autres ne parviennent, dirait-on, jamais à dépasser cette souffrance. Il semble que nous en restions prisonniers. Notre question est de savoir s'il est possible ou non de se libérer vraiment de la souffrance.

*

Apparemment, jusqu'ici, l'homme n'a pas été capable d'éradiquer la souffrance psychologique. Il n'a su que s'en évader, à travers des activités religieuses, économiques, sociales, politiques ou commerciales, ou à travers diverses échappatoires comme les drogues, et ce, sans jamais affronter de face le fait réel de la souffrance. Qu'est-ce que la souffrance ? L'esprit pourra-t-il jamais se libérer totalement de l'activité psychologique qui est responsable la souffrance ?

L'une des raisons majeures de la souffrance est le sentiment d'isolement, le sentiment d'une solitude totale. En d'autres termes, le fait d'avoir le sentiment que l'on n'a plus rien sur quoi s'appuyer, plus aucune relation avec quiconque, que notre isolement est total. Je suis sûr que vous avez déjà éprouvé ce sentiment. Alors que vous vous trouvez en famille, ou dans le bus, ou à une soirée, vous avez soudain des moments d'intense isolement, un extraordinaire sentiment de manque, de néant total. Là est l'une des raisons de la souffrance. L'origine psychologique de la souffrance est l'attachement — à une idée, à des idéaux, à des opinions, à des croyances, à des personnes, à des concepts. Observez-le en vous-même. Le monde est le miroir qui offre à votre regard le reflet de vos propres opérations mentales. Regardez-le donc.

Une autre cause de souffrance est le sentiment d'avoir subi une immense perte — telles la perte du pouvoir, la perte de tant de choses, la perte d'un être que vous pensez avoir aimé — et puis il y a la mort, cette ultime souffrance. L'esprit peut-il se libérer de tout cela ? Sinon, quoi qu'il fasse, il ne pourra en aucun cas connaître ce sentiment d'amour global. Si l'amour n'englobe pas la totalité de l'existence, non seulement la vôtre mais celle de l'humanité tout entière, alors il n'y a pas de compassion, alors jamais vous ne comprendrez ce qu'est l'amour. Dans cet amour qui englobe tout, le particulier est inclus. Mais lorsque l'amour se limite au particulier, alors cet « amour autre » est absent.

Il est donc absolument impératif de comprendre la souffrance et de la transcender. Est-ce possible ? L'esprit peut-il comprendre ce sentiment profond d'intense solitude intérieure, qui est différent du fait d'être seul ? Il ne faut pas mélanger les deux. Il y a une différence entre se sentir seul, et le fait d'être profondément seul. Nous comprendrons ce que signifie être seul lorsque nous comprendrons ce que veut dire le sentiment de solitude. Lorsque vous vous sentez seul, c'est assez effrayant, assez déprimant, et cela crée en vous divers états d'esprit. Pouvez-vous observer cela, mais sans le rationaliser, et sans le moindre mouvement de fuite ?

Puis-je prendre conscience de ma solitude, sans rationalisations, sans essayer d'en trouver la cause, mais l'observer, sans plus, et par cette observation découvrir que la fuite passe par l'attachement à une idée, à un concept, à une croyance ? Puis-je avoir conscience de cette croyance, et voir qu'elle est une échappatoire ? Lorsque j'observe tout cela calmement, l'échappatoire et la croyance disparaissent sans le moindre effort. Dès que je fais intervenir l'effort, alors il y a l'observateur et l'observé — d'où conflit —, mais lorsque je suis conscient de tout ce qu'implique la solitude, alors il n'y a plus d'observateur, il n'y a que le fait — ce sentiment d'être totalement isolé. Cet isolement découle aussi de nos activités quotidiennes — de mon ambition, de mon avidité, de mon envie, de ma soif de réussir, de devenir quelqu'un, de m'améliorer. Je suis si préoccupé par mon affreux petit ego, et cela fait partie de ma solitude. Pendant la journée, pendant mon sommeil, dans toutes mes activités, je me préoccupe trop de moi-même : « moi » et « vous », « nous » et « eux ». Je suis tout dévoué à ma propre cause. En agissant au nom de ma patrie, de mon Dieu, au nom de ma famille ou de ma femme, c'est pour mon propre compte que je cherche à agir.

Ainsi, cette solitude naît des activités quotidiennes liées à l'égoïsme, et quand je prends conscience de tout ce que sous-entend la solitude, je vois tout cela. Je ne fais pas de théories : je le vois. Quand je regarde bien quelque chose, chaque détail ressort clairement. Quand vous regardez de près un arbre, une rivière, une montagne ou une personne, cette observation vous révèle absolument tout d'eux. C'est elle qui vous raconte tout, pas vous. Lorsque vous observez ainsi, ou lorsque vous avez de cette solitude une conscience aiguë — et sans choix privilégié — alors toute trace de solitude s'évanouit.

*

L'une des causes de la souffrance est l'attachement. Lorsque nous nous rendons compte que nos attachements sont douloureux, nous essayons de cultiver le détachement, qui est, lui aussi, une horreur. Quelles sont les raisons qui font que l'esprit s'attache ? L'attachement est pour l'esprit une manière de s'occuper. Si je suis attaché à vous, je pense à vous, je m'inquiète pour vous, je m'intéresse à vous égoïstement, car je ne veux pas vous perdre, je ne veux pas que vous soyez libre, je ne veux pas que vous fassiez des choses risquant de perturber mon attachement. qui m'assure une certaine sécurité. Il y a donc dans l'attachement de la peur, de la jalousie, de l'angoisse, de la souffrance. Regardez bien la situation. Mais ne dites pas . « Que dois-je faire ? » Vous ne pouvez rien faire. Si vous essayez d'agir sur cet attachement, cela revient à créer une nouvelle forme d'attachement. Nous sommes bien d'accord ? Donc, contentez-vous d'observer. Quand vous êtes attaché à une personne — ou à une idée —, vous dominez cette personne, vous voulez avoir le contrôle sur elle, vous lui refusez toute liberté. Si je suis attaché à l'idéal communiste, je suis pour les autres un facteur de destruction.

Si l'esprit s'aperçoit que cette solitude — cet attachement — est l'une des causes de la souffrance, peut-il alors se libérer d'un tel attachement ? Ce qui ne veut pas dire qu'il devienne indifférent, car nous nous intéressons à l'existence dans sa globalité, et pas uniquement à *mon* existence. C'est donc au général, au tout, que je dois m'adresser, que je dois répondre, et non à mon petit désir particulier d'être attaché à vous, et de vouloir me délivrer de cette petite angoisse liée à ma douleur et ma jalousie. Car ce qui nous préoccupe, c'est de découvrir cette qualité d'amour qui ne peut voir le jour que lorsque l'esprit s'adresse au général, et non au particulier. Quand l'esprit s'adresse à ce tout, l'amour est, et au sein de ce tout, le particulier trouve alors la place qui lui revient.

Mais il y a aussi la souffrance liée à la perte, au fait de perdre quelqu'un que l'on « aime » — vous voyez ce que je veux dire, je mets le mot aimer entre guillemets. Pourquoi souffre-t-on ? Je perds mon fils, ma mère, ma femme, bref je perds quelqu'un : pourquoi est-ce que je souffre ? Est-ce parce que soudain, à travers la mort de l'autre, une blessure très profonde m'atteint tout à coup ? Est-ce parce que je me suis identifié à cette personne ? C'est *mon* fils, j'ai besoin de lui, je me suis moi-même projeté dans ce fils. Je me suis identifié à cette personne, et quand elle n'est plus là, je me sens profondément blessé parce que je n'ai plus personne à travers qui me prolonger. La blessure est donc profonde et suscite un sentiment d'apitoiement sur soi. Examinez bien tout cela, je vous en prie. Ce n'est pas tant l'autre qui m'intéresse que moi-même à travers lui, voilà pourquoi son absence me fait si mal. Cette blessure, qui est très profonde, nous conduit à nous apitoyer sur notre sort, et à chercher une autre personne à travers qui survivre.

Il n'y a pas que la souffrance individuelle, il y a aussi l'immense souffrance de l'humanité, la souffrance infligée par la guerre à des innocents, à ceux qui se font tuer, aux tueurs et aux victimes des tueries, aux mères, aux épouses, aux enfants. Cette souffrance, à la fois physique et psychologique, est omniprésente, tant en Extrême-Orient, au Moyen-Orient qu'en Occident. Et si l'esprit ne parvient pas à appréhender l'ensemble de ce problème, alors j'aurai beau jouer avec le mot « amour », m'impliquer dans l'action sociale, parler d'amour de Dieu et d'amour de l'humanité, parler toujours d'amour omniprésent, mon cœur restera à jamais fermé à cette connaissance de l'amour. Mon esprit, votre esprit, votre conscience sont-ils donc capables de constater ce fait, de le regarder en face, et de comprendre les ravages qu'il cause, non seulement à l'autre, mais à soi-même ? Voyez comment, quand vous vous attachez, vous privez l'autre de sa liberté, et vous vous privez de la vôtre. C'est ainsi que commence la bataille entre vous et moi. L'esprit peut-il observer tout cela ?

Ce n'est qu'avec la fin de la souffrance que naît la sagesse. La sagesse n'est pas une chose qui s'acquiert dans des livres, ou se transmet de l'un à l'autre. Elle accompagne la compréhension de la souffrance et de tout ce qui est lié à la souffrance — non seulement celle de l'individu, mais aussi celle de toute l'humanité, dont l'homme est responsable. Il faut que la souffrance soit transcendée pour que naisse enfin la sagesse.

Mais pour comprendre, ou pour rencontrer cette chose que nous appelons l'amour, je pense qu'il nous faut également comprendre ce qu'est la beauté. Puis-je me permettre d'approfondir cette question de la beauté ? Vous le savez, c'est l'une des choses les plus malaisées à mettre en mots ; nous allons cependant tenter de le faire.

Savez-vous ce que veut dire être sensible ? Sensible non pas à vos désirs, à vos ambitions, à vos blessures, à vos échecs et à vos succès — cela, c'est relativement facile. Nous sommes généralement sensibles à nos propres petites exigences, à nos pauvres petites quêtes de plaisir, à nos peurs, à nos angoisses et à nos joies. Mais ce dont il est ici question, ce n'est pas le fait d'être sensible à quelque chose, mais d'être doué de sensibilité tout court, à la fois psychologique et physique. Etre sensible physiquement, c'est avoir un corps à la fois très sain et très perceptif — être en bonne santé, équilibré, bannir les excès alimentaires et le laisser-aller, bref avoir un corps sensitif. Vous pouvez essayer si vous êtes intéressé. Nous ne séparons pas la psyché du corps, tout est intimement lié ; mais vous ne pouvez pas être sensitif psychologiquement s'il y a en vous la moindre blessure. Or, psychologiquement, nous sommes tous, nous autres humains, victimes de graves traumatismes. Nous avons de profondes blessures conscientes et inconscientes, infligées tantôt par autrui, tantôt par nous-même. A l'école, à la maison, dans le bus, au bureau, à l'usine, on ne cesse de nous infliger des blessures. Ces blessures profondes, conscientes ou inconscientes, émoussent ou détruisent notre sensibilité. Observez, si vous le pouvez, vos propres traumatismes. Il suffit d'un geste, d'un mot, d'un regard pour faire mal. Et cela fait mal, quand on vous compare à un autre, quand vous essayez d'en imiter un autre, quand vous vous conformez à un modèle — que le modèle vous soit imposé par un tiers ou par vous-même. Les êtres humains que nous sommes portent donc des blessures profondes ; et ces blessures induisent une activité névrotique : toutes les croyances sont névrotiques ; les idéaux sont névrotiques. Est-il possible de comprendre ces blessures et de s'en délivrer, pour ne plus jamais, en aucune circonstance, en subir de nouvelles ? Je suis sans cesse blessé, dès le plus jeune âge, suite à des incidents ou accidents divers, ou par un mot, un geste, un regard, une rebuffade, ou par l'indifférence. Ces blessures, elles sont là. Peuvent-elles être effacées sans laisser de trace ? Soyez ici très attentifs. Ne regardez pas ailleurs : regardez-vous. Ces blessures, vous les avez en vous : peuvent-elles être effacées sans laisser la moindre trace ?

S'il demeure en vous une blessure, vous n'êtes pas sensitif, vous ne saurez jamais ce qu'est la beauté. Certes, vous pouvez fréquenter tous les musées du monde, comparer Michel-Ange à Picasso, devenir un expert tant en explications que dans l'étude de ces personnages et de leur peinture, jusqu'à la structure de leurs toiles et ainsi de suite, tant que l'esprit humain sera blessé et donc insensible, jamais il ne saura ce qu'est la beauté — la beauté qui est là, dans ce qui est né de la main de l'homme, dans la ligne d'un édifice, et dans les montagnes, dans l'arbre magnifique. S'il y a la moindre trace de blessure intime, jamais vous ne saurez ce qu'est la beauté, or sans elle il n'est point d'amour. Votre esprit peut-il donc, tout en sachant qu'on l'a blessé, tout en étant conscient de ces blessures, ne pas y réagir, ni sur le plan conscient, ni sur le plan inconscient ?

Il est relativement facile de percevoir les blessures conscientes. Peut-on aussi connaître ses blessures inconscientes, ou faut-il en passer par le processus stupide de l'analyse ? Je vais rapidement passer en revue l'analyse, et qu'on en finisse. L'analyse suppose la présence de celui qui analyse — l'analyseur — et de l'objet analysé. Qui est l'analyseur ? Est-il différent de ce qu'il analyse ? Si tel est le cas, pourquoi est-il différent ? Qui a créé l'analyseur en sorte qu'il soit différent de l'objet analysé ? S'il est différent, comment peut-il savoir ce qu'est cet objet ? L'analyseur et l'objet analysé sont donc une seule et même chose. C'est tellement évident ! Pour analyser, il faut que chaque analyse soit complète. Ce qui veut dire que s'il y a le plus petit malentendu, la prochaine fois que vous analyserez quelque chose, vous ne pourrez pas procéder à une analyse complète, à cause des malentendus antérieurs. L'analyse s'inscrit dans le temps. Vous pouvez passer le reste de votre vie à tout analyser en permanence, la mort vous surprendra encore occupé à cette analyse sans fin.

Comment l'esprit peut-il mettre au jour les blessures inconscientes profondes engrammées dans la race, dans l'espèce ? Lorsqu'un conquérant soumet sa victime, elle subit une blessure. C'est une blessure qui s'inscrit dans la race, dans l'espèce. Aux yeux de l'impérialiste, tous ceux qu'il a assujettis sont des êtres inférieurs, et il laisse en eux une blessure inconsciente profonde. Elle est là. Comment l'esprit peut-il mettre au jour toutes ces blessures occultes, enfouies dans les replis les plus profonds de notre conscience ? Je constate le caractère fallacieux de l'analyse : donc, l'analyse est exclue. Soyez très attentif, ici. Pas d'analyse : l'analyse faisant partie de nos traditions, je l'écarte. Faites-vous la même démarche en ce moment même ? Qu'arrive-t-il donc à un esprit qui, ayant perçu la fausseté d'une chose, en l'occurrence de l'analyse, la refuse, la rejette ? N'est-il pas libéré de ce fardeau ? De ce fait, il est devenu sensible ; il est plus léger, plus lucide, il peut observer de manière plus aiguë. Donc, en écartant une tradition que l'homme a jusqu'ici acceptée — l'analyse, l'introspection —, l'esprit s'est libéré. Et en bannissant la tradition, vous avez ôté son droit de cité au contenu de l'inconscient. L'inconscient, ce sont les traditions : traditions religieuses, traditions liées au mariage, traditions à la douzaine. Et l'une de ces traditions consiste à accepter la blessure, et, ayant accepté la blessure, de l'analyser afin de s'en débarrasser. Lorsque vous disqualifiez tout cela, parce que c'est erroné, vous disqualifiez en même temps le contenu de l'inconscient. Vous êtes donc libéré des blessures inconscientes. Vous n'êtes plus obligé d'analyser l'inconscient, ni vos rêves.

Donc, en observant la blessure sans avoir recours

aux instruments traditionnels pour effacer cette blessure, c'est-à-dire à l'analyse, c'est-à-dire à l'évocation en commun des événements — vous êtes bien au courant de ces thérapies de groupe, de ces thérapies individuelles et collectives —, l'esprit est lavé par cette prise de conscience, cette conscience de la tradition. Lorsque vous rejetez cette tradition, vous rejetez aussi la blessure qui accepte la tradition. L'esprit devient alors excessivement sensible — l'esprit étant tout à la fois le corps, le cœur, le cerveau, les nerfs. L'être dans sa globalité devient sensitif.

Nous voulons maintenant savoir ce qu'est la beauté. Nous avons dit qu'elle n'est ni dans les musées, ni dans les tableaux, ni dans les visages, et que ce n'est pas une réponse en écho à notre arrière-plan de traditions. Lorsque l'esprit rejette tout cela parce qu'il est sensible, et parce que la souffrance a été comprise, la passion vous vient — disons plutôt qu'« il y a » passion. La passion est autre que le désir, évidemment. Le désir est, sous diverses formes, à la fois le prolongement du plaisir et la soif de plaisir. Lorsqu'il n'existe aucune blessure, que la souffrance a été comprise et transcendée, il y a alors cette qualité de passion qui est tout à fait indispensable pour saisir cet extraordinaire sentiment de la beauté. Cette beauté ne peut absolument pas exister quand le « moi » cherche sans cesse à s'affirmer. Vous pouvez être un peintre merveilleux, reconnu de par le monde comme étant le plus grand, si tout ce qui vous préoccupe c'est votre affreux petit ego, vous n'êtes plus un artiste. Vous ne faites rien d'autre que mettre l'art au service de la pérennisation de votre propre ego.

L'esprit qui est libre a dépassé ce sentiment de souffrance ; il est libéré de toute blessure, et donc plus jamais susceptible d'être blessé, quelles que soient les circonstances. Qu'on le flatte ou qu'on l'insulte, rien ne peut plus le toucher — ce qui ne veut pas dire qu'il se soit forgé une résistance. Au contraire, il reste remarquablement vulnérable.

C'est alors que vous commencerez à découvrir ce qu'est l'amour. Il va de soi que l'amour n'est pas le plaisir. Nous sommes en mesure de l'affirmer maintenant, ce qui n'était pas le cas auparavant, mais à présent, étant passé par tout cela, vous l'écartez. Ce qui ne vous empêche pas de jouir du spectacle des montagnes, des arbres et des rivières, des visages avenants, et de la beauté de la terre ; mais dès que la beauté de la terre devient une quête de plaisir, elle cesse d'être la beauté. L'amour n'est donc pas le plaisir. L'amour ne consiste ni à courir après la peur, ni à la fuir. L'amour n'est pas l'attachement. L'amour ne connaît pas la souffrance. Evidemment. Et cet amour-là est un amour qui englobe toute chose, qui est compassion. Et cet amour-là a un ordre qui lui est propre, un ordre relatif aux choses intérieures et extérieures, mais cet ordre, nulle législation ne saurait l'instaurer. Et lorsque vous comprenez cet ordre, que vous le vivez quotidiennement — sinon il serait sans valeur, il ne serait qu'une succession de mots sans suite, il ne serait que cendres —, alors la vie prend un tout autre sens.

Madras, le 5 février 1950

Interlocuteur : Nous faisons tous l'expérience de la solitude ; nous en connaissons la souffrance, et nous en voyons les causes, les racines. Mais qu'est-ce que l'état de solitude ? Est-il différent du fait de se sentir seul ?

Krishnamurti : La solitude, c'est cette douleur, ce supplice qu'il y a à se sentir seul, cet état d'isolement dans lequel vous êtes une entité qui ne se sent nulle part à sa place, ni dans le groupe ni dans le pays qui sont les vôtres, ni avec votre femme, ni avec vos enfants, ni avec votre mari : vous êtes coupé des autres. Vous connaissez cet état. Mais connaissez-vous l'état de solitude ? Vous considérez comme évident le fait d'être seul ; mais est-ce la solitude authentique ?

L'*état* de solitude est différent du *sentiment* de solitude, mais on ne peut pas comprendre le premier si l'on ne comprend pas d'abord le second. Connaissez-vous le sentiment de solitude ? Vous avez observé cette solitude à la dérobée, vous l'avez regardée, et elle vous a déplu. Or, pour la connaître, il faut l'aborder sans aucun sentiment de crainte. Si vous abordez la solitude en disant que vous en connaissez déjà les causes, les racines, alors vous ne pouvez pas la comprendre. Ces racines, les connaissez-vous ? Vous ne les connaissez qu'à travers des spéculations extérieures. Mais connaissez-vous le contenu intime de la solitude ? Vous n'en faites qu'une simple description, or le mot n'est pas la chose, il n'est pas le réel. Pour comprendre la solitude, il faut s'en approcher sans la moindre intention de fuite. La pensée même de fuir la solitude est en elle-même un aveu d'insuffisance intérieure. La plupart de vos activités ne sont-elles pas en fait des formes d'évasion ? Lorsque vous êtes seul, vous allumez la radio, vous faites vos dévotions, vous courez après les gourous, vous cancanez à qui mieux mieux, vous allez au cinéma, ou au champ de courses, et ainsi de suite. Votre vie quotidienne est une perpétuelle fuite en avant face à vous-même, les échappatoires prennent donc une importance énorme, allant jusqu'à faire l'objet de controverses entre vous — que cette fuite passe par l'alcool, ou par Dieu. Le problème, c'est l'évasion, même si les moyens de s'évader varient. En vous évadant de façon « respectable », vous pouvez causer d'énormes dégâts d'ordre psychologique, et de même, en m'évadant du côté matériel, je peux causer de gros dommages sociologiques. Mais pour comprendre la solitude, il faut que cesse toute fuite — non pas de manière contrainte et forcée, mais en faisant le constat du caractère erroné de la fuite. Vous êtes alors directement confronté à *ce qui est,* et l'on peut s'attaquer au problème réel.

Qu'est-ce que la solitude ? Pour la comprendre, il ne faut surtout pas lui donner de nom. Le fait même de la nommer, le fait que la pensée l'associe avec des souvenirs préexistants liés à la solitude, ne font qu'aggraver celle-ci. Faites-en l'expérience et constatez-le. Lorsque vous aurez cessé de fuir la solitude, vous comprendrez qu'il faut avant tout la comprendre, sinon toute tentative d'agir sur elle n'est qu'une autre forme de fuite. Ce n'est qu'en comprenant la solitude qu'on peut la transcender.

Le problème de l'état de solitude — la vraie solitude — est tout différent. Jamais nous ne sommes vraiment seuls ; nous sommes toujours en compagnie d'autres personnes, sauf, peut-être, quand nous faisons une marche solitaire. Nous sommes le résultat d'un processus global d'influences de toutes sortes, économiques, sociales, climatiques, ainsi que d'autres encore, liées à notre environnement — nous ne sommes pas réellement seuls. Tant que persistera le processus d'accumulation des expériences, l'état de solitude ne pourra jamais exister. Certes, vous pouvez imaginer que vous êtes seul en vous isolant dans des activités personnelles, individuelles, étroites, mais ce n'est pas cela, la vraie solitude. Cette solitude-là ne peut exister qu'en dehors de toute influence. La solitude authentique est une action ne découlant pas d'une réaction, elle n'est pas non plus une réponse à un défi ou à un stimulus. Le sentiment de solitude, en revanche, est un problème d'isolement, or toutes nos relations vont dans le sens de l'isolement, qui est l'essence même de l'ego, du « moi » — moi et mon travail, ma nature, mon devoir, ma propriété, mes relations. Le processus même de la pensée, qui est le résultat de toutes les pensées de l'humanité, de toutes les influences qu'elle a subies, mène à l'isolement. Comprendre le sentiment de solitude n'est pas un acte confortablement bourgeois ; vous ne pourrez pas la comprendre tant qu'est en vous la souffrance qui est liée à cette insuffisance non encore élucidée, et qui va de pair avec la frustration, la vacuité. La solitude authentique n'est pas un isolement, ce n'est pas l'opposé du sentiment de solitude ; c'est un état d'être qui survient quand l'expérience, le savoir, ne sont plus.

I. : Vous avez parlé de ces relations fondées sur l'utilisation de l'autre pour notre propre satisfaction, et vous avez souvent fait certaines allusions à un état appelé l'amour. Que signifie pour vous l'« amour » ?

K. : Nous savons bien ce qu'est pour nous la relation — une gratification et une utilisation réciproques — même si nous l'affublons du nom d'amour. Dans la pratique, c'est un mélange de tendresse envers l'objet qu'on utilise, et de désir de le protéger. Nous protégeons nos frontières, nos livres, notre propriété ; de même, nous sommes attentifs à la sauvegarde de notre épouse, de notre famille, de notre société, car sans elles nous nous sentirions seuls, désemparés. Sans son enfant, un parent se sent seul ; ce que vous n'êtes pas, vous espérez que votre enfant le deviendra, il devient donc l'instrument de votre propre vanité. Nous connaissons bien les rapports de besoin et d'utilité. Nous avons besoin du facteur et il a besoin de nous, pourtant jamais nous ne disons que nous aimons le facteur. En revanche, nous disons que nous aimons nos femmes et nos enfants, même si nous les utilisons à des fins de satisfaction personnelle, et que nous soyons prêts à les sacrifier par pure vanité à l'autel de la patrie. Nous connaissons très bien ce processus qui, c'est évident, ne peut en aucun cas être l'amour. Un amour qui utilise, qui exploite, puis s'en excuse ensuite, ne saurait être l'amour, car l'amour ne procède pas de la pensée.

Faisons donc l'expérience et la découverte de ce qu'est l'amour — ce n'est pas une découverte verbale qu'il s'agit de faire, mais bien l'expérience réelle de cet état. Dès lors que vous m'utilisez comme gourou et que je vous utilise comme disciples, il y a exploitation réciproque. De même, dès lors que vous vous servez de vos enfants et de votre femme pour votre progrès personnel, il y a exploitation. Assurément ce n'est pas de l'amour. Lorsqu'il y a utilisation, le rapport de possession est inévitable, or la possession engendre invariablement la peur, et avec la peur surviennent la jalousie, l'envie, la suspicion. Lorsqu'il y a utilisation, il ne peut y avoir amour, car l'amour n'est pas du domaine de la pensée. Penser à une personne n'est pas aimer cette personne. Vous ne pensez à elle que lorsqu'elle n'est pas présente, lorsqu'elle est morte, qu'elle a pris la fuite, ou qu'elle ne vous donne pas ce que vous attendez d'elle. Alors, votre propre insuffisance met en marche le processus de la pensée. Quand cette personne est tout près de vous, vous n'y pensez pas ; penser à elle lorsqu'elle est à proximité vous dérange, vous considérez donc sa présence comme allant de soi — elle est là, c'est tout. L'habitude est un moyen d'oublier et d'être tranquille, toute perturbation est ainsi évitée. L'utilisation nous amène donc à perdre notre vulnérabilité, or ce n'est pas cela, l'amour.

Quel est donc cet état où notre tendance à utiliser — qui est ce processus par lequel la pensée cherche à camoufler notre insuffisance intérieure — n'a plus cours ? Quel est-il cet état dépourvu de toute notion de gratification ? La soif de gratification est dans la nature même de l'esprit. Le plaisir sexuel est une sensation conçue, imaginée par l'esprit qui, ensuite, selon les cas, passe à l'acte ou non. Lorsque l'esprit domine et que le processus de la pensée est prééminent, il n'y a pas d'amour. Ce processus fondé sur l'exploitation, sur la pensée, sur la mise en images, et qui cherche à retenir, à enfermer, à rejeter, n'est qu'un rideau de fumée ; et quand la fumée se dissipe, l'amour est. Parfois nous l'avons en nous, cette flamme si riche, si pleine, si complète ; mais la fumée revient bientôt, car nous ne pouvons pas vivre longtemps au contact de cette flamme, étrangère à tout sentiment d'intimité exclusive ou plurielle, étrangère à toute notion de proximité personnelle ou impersonnelle. Nous avons presque tous connu occasionnellement le parfum de l'amour, la vulnérabilité de l'amour, mais le rideau de fumée de l'habitude, de la jalousie, de la possession, des contrats que l'on signe et que l'on rompt — tout cela a pris une telle importance pour nous que la flamme de l'amour s'est éteinte. Quand la fumée est, la flamme n'est point ; mais quand nous comprenons la vérité sur ce penchant à utiliser, alors la flamme est. Si nous utilisons l'autre, c'est à cause de notre pauvreté intérieure, de notre insuffisance, de notre petitesse, de notre mesquinerie, de notre solitude, et nous espérons, en nous servant d'autrui, pouvoir nous évader. De même, nous utilisons Dieu comme moyen d'évasion. L'amour de Dieu n'est pas l'amour de la vérité. La vérité ne saurait être objet d'amour : vouloir aimer la vérité n'est qu'un moyen de vouloir s'approprier une chose à la fois autre que nous et connue de nous : la crainte que l'on a de perdre cette chose que l'on connaît est donc toujours présente.

Vous connaîtrez l'amour lorsque votre esprit sera tout à fait immobile et silencieux, enfin affranchi de toute quête de gratification, de tout désir de fuite. Tout d'abord, l'esprit, le processus mental doit arriver à son terme, cesser complètement d'être. L'esprit est le résultat de la pensée, et la pensée n'est qu'une voie de passage, un moyen permettant d'accéder à une fin. Lorsque la vie se réduit à une simple voie d'accès à quelque chose, comment l'amour pourrait-il exister ? L'amour naît quand l'esprit est naturellement silencieux — sans qu'on l'y ait forcé —, lorsqu'il voit le faux et le vrai pour ce qu'ils sont. Quand l'esprit est silencieux, alors toute action, quelle qu'elle soit, est issue de l'amour, et non du savoir. L'amour naît lorsque nous comprenons l'ensemble du processus de l'être que nous sommes, et la compréhension de notre être même est le commencement de la sagesse.

Index des sources

p. 11 Extrait de l'enregistrement de la causerie publique donnée à Madras, le 16 décembre 1972, Krishnamurti Foundation Trust Ltd., 1972/1993.

p. 22 Extrait de l'enregistrement de la causerie publique donnée à Brockwood Park, le 11 septembre 1971, Krishnamurti Foundation Trust Ltd., 1971/1993.

p. 35 Extrait du compte rendu d'une conversation avec des élèves de l'école de Rajghat, à Varanasi, le 19 décembre 1952 ; in *The Collected Works of J. Krishnamurti,* vol. VII, The Krishnamurti Foundation of America, 1991.

p. 44 Extrait du compte rendu de la causerie publique donnée à Bombay, le 12 février 1950, in *The Collected Works of J. Krishnamurti,* vol. VI, The Krishnamurti Foundation of America, 1991.

p. 51 Extrait du compte rendu de la causerie

publique donnée à Ojai, le 28 août 1949, in *The Collected Works of J. Krishnamurti,* vol. V, The Krishnamurti Foundation of America, 1991.

p. 56 Extrait du compte rendu de la causerie publique donnée à Bombay, le 12 mars 1950, in *The Collected Works of J. Krishnamurti,* vol. VI, The Krishnamurti Foundation of America, 1991.

p. 69 Extrait du compte rendu de la causerie publique donnée à New York, le 18 juin 1950, in *The Collected Works of J. Krishnamurti,* vol. VI, The Krishnamurti Foundation of America, 1991.

p. 82 Extrait du compte rendu de la causerie publique donnée à Seattle, le 6 août 1950, in *The Collected Works of J. Krishnamurti,* vol. VI, The Krishnamurti Foundation of America, 1991.

p. 86 Extrait du compte rendu de la causerie publique donnée à Madras, le 3 février 1952, in *The Collected Works of J. Krishnamurti,* vol. VI, The Krishnamurti Foundation of America, 1991.

p. 94 La solitude : extrait de *Commentaires sur la vie*, t. I, Buchet-Chastel, Paris, 1957.

p. 100 Extrait de l'enregistrement d'un entretien avec le Pr Maurice Wilkins à Brockwood Park, le 12 février 1982, Krishnamurti Foundation Trust Ltd., 1982/1993.

p. 112 Extrait de *L'Eveil de l'intelligence*, 24 avril 1971, éditions Stock, Paris, 1957.

p. 123 Extrait de l'enregistrement d'un dialogue public à Brockwood Park, le 30 août 1977, Krishnamurti Foundation Trust Ltd., 1977/1993.

p. 138 Extrait de l'enregistrement de la causerie publique donnée à Saanen, le 18 juillet 1978, Krishnamurti Foundation Trust Ltd., 1978/1993.

p. 153 Extrait de l'enregistrement de la causerie publique donnée à Bombay, le 31 janvier 1982, Krishnamurti Foundation Trust Ltd., 1982/1993.

p. 163 Face à un jeune auditoire en Inde : extrait de *Face à la vie*, Adyar, Paris, 1964.

p. 173 Extrait de *Au seuil du silence,* Le Courrier du Livre, Paris, 1970/1992.

p. 183 Extrait de *Les Entretiens de Saanen, 1961-1962,* causerie publique, le 5 août 1962, La Colombe, Paris, 1963 (épuisé).

p. 192 Extrait du compte rendu de la causerie publique donnée à Bombay, le 21 février 1965, in *The Collected Works of J. Krishnamurti,* vol. XV, The Krishnamurti Foundation of America, 1991.

p. 203 Extrait du compte rendu de la causerie publique donnée à Londres, le 7 avril 1953, in *The Collected Works of J. Krishnamurti,* vol. VII, The Krishnamurti Foundation of America, 1991.

p. 212 Extrait de l'enregistrement de la causerie publique donnée à Saanen, le 26 juillet 1973,

Krishnamurti Foundation Trust Ltd., 1973/ 1993.

p. 224 Extrait de l'enregistrement de la causerie publique donnée à Saanen le 23 juillet 1974, Krishnamurti Foundation Trust Ltd., 1974/ 1993.

p. 239 Extrait de la causerie publique donnée à Madras, le 5 février 1950, in *The Collected Works of J. Krishnamurti*, vol. VI, The Krishnamurti Foundation of America, 1991.

Table

Du même auteur :

Aux Editions Stock
Se libérer du connu
La Révolution du silence
Première et Dernière Liberté
Aux étudiants
L'Eveil de l'intelligence
Tradition et Révolution
Le Livre de la méditation et de la vie
A propos de Dieu

Aux Editions Buchet-Chastel
Commentaires sur la vie, 1re série
Commentaires sur la vie, 2e série
Commentaires sur la vie, 3e série
Le Journal de Krishnamurti

Aux Editions Delachaux & Niestlé
Le Vol de l'Aigle
De l'éducation
L'Impossible Question
Le Changement créateur

Aux Editions du Rocher
Questions et Réponses
La Flamme de l'attention
Le Temps aboli
Carnets
Plénitude de la vie
De l'environnement
De la vie et de la mort
De la liberté

Association culturelle Krishnamurti
Lettres aux écoles, vol. 1 & 2

Composition réalisée par JOUVE

Achevé d'imprimer en mai 2007 en France sur Presse Offset par

CPI
Brodard & Taupin

La Flèche (Sarthe).
N° d'imprimeur : 40840 – N° d'éditeur : 86923
Dépôt légal 1re publication : octobre 2004
Édition 04 – mai 2007
LIBRAIRIE GÉNÉRALE FRANÇAISE – 31, rue de Fleurus – 75278 Paris cedex 06.

31/0987/3